U0092331

大陸啊！我的困惑

馬森文集

Sen Ma 創作卷06

四個月的返鄉之旅

一段震撼人心的文化衝擊實錄

PG0528

3

從長城遠望

在長城上

都市中的市街

天津第一飯店

北京頤和園中的餐廳

都市中路旁的菜販

上海友誼商店

天津郊區的運糧車

在天津演出的「相聲劇」

天津的電影院

天津音樂學院的大提琴學生

在劇作家曹禺北京的家中

在南開大學演講

北京紫禁城故宮

山東農村中的兒童

天津市郊的農民

上海市街

濟南改為工廠的天主堂

15

北京天壇

八〇年代的大陸婚禮

南開大學校長的晚宴

秀威版總序

我的已經出版的作品，本來分散在多家出版公司，如今收在一起以文集的名義由秀威資訊科技有限公司出版，對我來說也算是一件有意義的大事，不但書型、字體大小不一的版本可以因此而統一，今後如有新作也只須交給同一家出版公司就行了。

稱文集而非全集，因為我仍在人間，還有繼續寫作與出版的可能，全集應該是蓋棺以後的事，就不是需要我自己來操心的了。

從十幾歲開始寫作，十六、七歲開始在報章發表作品，二十多歲出版作品，到今天成書的也有四、五十本之多。其中有創作，有學術著作，還有編輯和翻譯的作品，可能會發生分類的麻煩，但若大致劃分成創作、學術與編譯三類也足以概括了。創作類中有小說（長篇與短篇）、劇作（獨幕劇與多幕劇）和散文、隨筆的不同；學術中又可分為學院論文、文學史、戲劇史、與一般評論（文化、社會、文學、戲劇和電影評論）。編譯中有少量的翻譯作品，也有少量的編著作品，在版權沒有問題的情形下也可考慮收入。

有些作品曾經多家出版社出版過，例如《巴黎的故事》就有香港大學出版社、四季出版社、爾雅出版社、文化生活新知出版社、印刻出版社等不同版本，《孤絕》有聯經出版社（兩種版本）、北京人民文學出版社、麥田出版社等版本，《夜遊》則有爾雅出版社、文化生活新知出版社、九歌出版社（兩種版本）等不同版本，其他作品多數如此，其中可能有所差異，藉此機會可以出版一個較完整的版本，而且又可重新校訂，使錯誤減到最少。

創作，我總以為是自由心靈的呈現，代表了作者情感、思維與人生經驗的總和，既不應依附於任何宗教、政治理念，也不必企圖教訓或牽引讀者的路向。至於作品的高下，則端賴作者的藝術修養與造詣。作者所呈現的藝術與思維，讀者可以自由涉獵、欣賞，或拒絕涉獵、欣賞，就如人間的友情，全看兩造是否有緣。作者與讀者的關係就是一種交誼的關係，雙方的觀點是否相同並不重要，重要的是一方對另一方的書寫能否產生同情與好感。所以寫與讀，完全是一種自由的結合，代表了人間行為最自由自主的一面。

學術著作方面，多半是學院內的工作。我一生從做學生到做老師，從未離開過學院，因此不能不盡心於研究工作。其實學術著作也需要靈感與突破，才會產生有價值的創見。在我的論著中有幾項可能是屬於創見的：一是我拈出「老人文化」做為探討中國文化深層結構的基本原型。二是我提出的中國文學及戲劇的「兩度西潮論」，在海峽兩岸都引起不少迴響。三是對五四以來國人所醉心與推崇的寫實主義，在實際的創作中卻常因對寫實主義的理論與方法認識不足，或由於受了主觀的因素，諸如傳統「文以載道」的遺存、濟世救國的熱衷、個人的政治參與等等的干擾，以致寫出遠離真實生活的作品，我稱其謂「擬寫實主義」，且認為是研究五四以後海峽兩岸新小說與現代戲劇的不容忽視的現象。此一觀點也為海峽兩岸的學者所呼應。四是舉出釐析中西戲劇區別的三項重要的標誌：演員劇場與作家劇場，劇詩與詩劇以及道德人與情緒人的分別。五是我提出的「腳色式的人物」，主導了我自己的戲劇創作。

與純創作相異的是，學術論著總企圖對後來的學者有所啟發與導引，也就是在學術的領域內盡量貢獻出一磚一瓦，做為後來者繼續累積的基礎。這是與創作大不相同之處。這個文集既然包括二者在內，所以我不得不加以釐清。

其實文集的每本書中，都已有各自的序言，有時還不止一篇，對各該作品的內容及背景已有所闡釋，此處我勿庸詞費，僅簡略序之如上。

馬森序於維城，二〇一〇年七月二十三日

前言

中國的近代史是一部受難史。

先是遭受列強的欺凌，後又遭受自己人的壓迫。要認清這種歷史性的實況，也並不是一件輕易的事。借用民族主義的觀點，會使我們覺得，異族的侵略與統治是所有災禍的根源。但是馬克思主義者的看法，卻認為階級性的迫害更甚於種族性，世界上的無產階級都是同一命運，而真正人類苦難的源頭乃來自資產階級的剝削。然而等到中國消滅了資產階級，苦難不但未嘗斂迹，反而加劇。這種現象，民族主義和馬克思主義都無能供給我們有利的認知工具。也許我們只能轉而求助於佛洛依德的心理分析，從文化性的鬱積和虐人與被虐之間的相對關係來瞭解文化大革命期間中國人所遭受的浩劫。

幸而，有一部分中國人逃過了這種愈演愈烈的苦難，這就是滯留海外的華僑和居住在台灣、香港和新加坡的華人。有些海外的華僑，到了第二代、第三代，已漸漸融於當地的社會。新加坡的華人也並不再以中國人自居。香港的中國人，很多都曾誠心地與英國認同，可惜英國如今沒有如此大的肚量，寧願把鴉片戰爭的果實和寄居在這果實之上的五百萬人口拱手歸還中國，以致引起留港華人對九七大限的無限慌恐。在這種自外於中國或希望逃脫出中國的苦難網羅的氣氛下，台灣的居民是一個例外。台灣的居民始終以中國人自居，也始終沒有做置身中國事外的打算。然而，客觀上，台灣的居民又何嘗不以未曾捲入文化大革命的劫難而深自慶幸？展望前途，台灣的居民有沒有力量來改變整個中國大陸的命運？如不能，台灣的居民又何以自處？這恐怕是今日居住在台灣的所有中國人內心中一時無能自解的最大難題吧！

如果人是一種無情的動物，也並非不可以對中國絕情而去。不幸的是那一份親情與鄉情，如根生的葛藤，把眾多的海外中國人的心死死地糾纏住，使他們不能對中國的土地不懷留戀之情，對中國的文化不具切膚之感，對中國的人民的疾苦無動於衷。尤其是以歷史承傳自命的知識分子，更拋不掉那一份民族薪傳的使命感。事實上，除卻了種族和文化的因素，一個人還有多少生存的意義呢？怕不要接近於零了吧！這麼說，中國大陸的問題，仍然是所有中國人共同的問題，台灣的居民也包括在內。

問題是只從我們所知的歷史和所熟悉的文化層面上已無從瞭解今日中國大陸的現象了。今日的中國大陸固然保有了深厚的中國傳統的積存，但是其間已經過了有力的扭曲和變調，早已加入了異質的成分。因此今日的中國大陸已經是一個需要實地觀察和面對的新實體。

四個多月的親身經歷，使我瞭解了許多我過去無法瞭解的問題，但也同時引起了我無數的困惑。這種種困惑，我以為並非是無法解釋的，而只是不能只從表象上去索解而已。真正要瞭解中國的問題，恐怕要從另外的門徑入手：中國文化的基型研究會使我們抓住中國文化在群體心理上所深嵌的烙印；現代心理分析則會幫助我們瞭解人類在一定環境中的依存關係。彼此的折磨，也是一種依存的需要。如果沒有依存的需要，折磨他人還有什麼意義？

從中國人的立場來說，大陸不管多麼貧窮，多麼腐化，多麼不如我們的理想，它仍是我們所關懷的土地，那裡的人跟我們跳動著同樣節律的脈搏。我們希望有一天在那裡也會開出「民主」的花朵，結出「自由」的果實。在那一天到來以前，我們必須認識這一個存在的實體，瞭解這一個存在的實體，進一步還要找出如何協助這一個實體走上我們認為可以脫離苦難的策略。

解決中國大陸的困局，也等於解決台灣自身的困局，同時也有可能解開虬結在我們每人心中的那一個直到如今尚無能解開的結！

一九八八年四月四日於南台古城

目次

一、我的夢

多年前，我做過一個夢，夢見回到了故鄉的故宅。

在波流了幾十年的異域生活，從心底裡品盡了失土的辛酸以後，日漸萎縮的原始情緒，不管是欣喜還是怨悲，都早已凝結成疤痂的硬塊，無能再春水似的自然無礙地流瀉出來。我，像一個無踪的遊魂，佇立在那兩扇失去光彩的木門前，寧定而呆癡。失卻了空間與時間的透視，我只是平貼在記憶上的一片剪影。在回索中，這木門也早已經銷盡了歷史的光華，透露的多是破落以後的悽清和殘留在我幼年善感的心靈上的沮喪。門前的兩個石鼓，我母親管此物叫做赤虎的，倒還癡重地蹲坐在那裡。走進門去，卻是一片震人的闃寂！空曠的庭院籠罩在陰霾的天色下，幽黯冷肅，一如冬日的黃昏。重疊而進的院落，組成了乾隆時代「中憲第」的一部分。雖沒有任何人迹與人聲，我卻本能地意識到這故宅已成為一所學校。因為這種曠落的大院，除了做學校以外，似也就不能有多少別的用途。忽然間，我瞥見我出生的那座北廳的屋瓦已有多處塌陷，屋簷下的木柱也向一旁傾斜，整座廳房似在闃寂中搖搖欲墜。我內心中立時充注了無限悲悽，就似我所賴以寄足的地表正片片碎裂而逝；我突然間發現自身不過是一粒在宇宙間無所依附的微塵，再沒有任何存在的意義。這種惶惑而悲哀的心情，在我醒來以後，仍然很久很久地盤據了我的心。

誰知這樣的夢竟變作真實！自然並不是圖景式再現的真實，而是感覺上重溫的真實。我終於在訣別了三十多年後又重回到我出生的故土，像夢境一般的惶惑，也像夢境一般的不可思議。

在回鄉之前，我已經耳聞到不少足以叫我心腸低迴萬轉的消息。間續地有幾個親友告訴我，黃河邊的齊河故城，因為有礙黃河的水道，早已搬遷到城北二十五華里原屬齊河縣的一個小鎮後來因設有津浦路車站而日漸發達起來的晏城。晏城，就是春秋時代晏嬰的故里，人們都知道這地名的由來。一貫生活在歷史陰影下的中原的人們，對數千年的故事在心目中就像昨日發生的事情。晏城，其實我也並不陌生。我母親就出生在晏城以北只有三華里的北孫莊。因為我母親幼年喪母，在晏城西街她外婆家裡住過多年。我幼年的時候，每回跟我母親到孫莊我外祖父家裡去，都必經過晏城的大街。在我十歲的時候，還在晏城上過一年當時剛剛創辦的一所中學。我也因此去過幾回我母親的外婆家。那時候她的外婆早已去世，我所見過的是我母親的舅父和他的一妻一妾。那時候的晏城，早已是津浦線上的一個小站，已經開始透露出經濟發展的端倪，攤販日漸增多，市集日漸旺盛，貨棧客店也已四處菌起。但若說起文化傳統，那卻尚遠不能與縣城相比。縣城不但是一縣政治的中心，同時也是文化傳統的馬首。我自己的故居，也就是說我父親的族人，都是世代住在齊河縣城裡的。現在一聽說齊河的故城已經搬遷了，我的故居，還有縣城裡代表文化傳統的一切文物建築，想必也已經不存在了，使我的心不免立時沉落下去。可是這也是沒有法子的事。桑田化滄海，原來就是歷史的經常現象，執著的只是無能與時俱進的私情。然而畢竟沒有人可以確切地告訴我，只是縣治轉移了，還是整個的故城已變作黃河的渠道，沉入河底。

我還記得黃河由齊河城南迤邐而東，繞過東南城角忽然折而北流，形成了一個大轉彎。齊河城就建在黃河的這個拐角上。當年老殘所見的黃河打冰，就在齊河城的東門外。由那兒過河以後，是通往山東省會濟南的大道。在我的記憶中，齊河城的南門永遠是關閉著的，好像城門洞裡一向塞滿了裝沙的麻袋。幼年聽大人們閒話，常說到黃河發水的時候，河水會霍琅霍琅地漫上城牆，有時會比城牆高出數寸，卻終不曾流進城裡來，就如漫過杯沿的茶水不會立刻傾瀉下來一樣。齊河城在多次的水患中都不曾湮沒，也真算是僥倖的奇蹟。我自己從不曾目睹過這種險象，主要的是在我幼年的時代，有好多年黃河改道他行，河床裡存儲的清水成為夏季中人們戲水的泳池。記得最清楚的是河灘上的沙土，細膩而乾燥，抓一把在掌心裡，就從指縫裡水也似地流洩而出。遠遠望去，黃沙上展佈著風所遺留的魚鱗般的足迹。在漫無遮攔的荒原上，只點綴些稀疏纖細的白楊，無助地在微風中沙啦沙啦地拍著寬大的葉掌。

據齊河縣誌載，齊河本古代爽鳩氏之墟，周代封為祝國，後稱祝柯或祝阿。唐時屬禹城，原稱耿濟鎮，宋時改稱齊河鎮。金天會年間，劉豫始傍河築城，置齊河縣，屬濟南府。城為方形，有四門，是中國中原地帶千百個典型的古城之一。城中重要的建築有文廟、定慧寺、馬神廟、縣衙門、城隍廟和馬氏宗祠。城中居民本來多為士大夫、地主、小工商業者。大族仍聚族而居，風氣非常保守。城中原來最大的兩族為馬姓和房姓。馬姓在北城和城中心一帶，房姓在西城。代表房氏榮耀的是房家牌坊，代表馬氏威風的則是馬氏宗祠。後者就建築在城中心的高地上，是相當精緻的兩個大套院。前院遍植花木，中有一過廳，旁各有一月門通後院。後院北廳，也就是正廳，是祭祀的場所，其中存有數不清的神主層層疊疊而上，每年只有春秋兩祭時開放。東西廂房原為貯存祭器之用，民國後因宗祠改為馬氏小學，便成為教室。中間的過廳用作教員辦公室，北廳則仍保留為祭祀之用。馬氏人口繁多，除了城裡外，也有散居城郊及鄉下的。城中最有名的三支是「朝議第」、「中憲第」和「翰林院」。中憲第位於馬氏宗祠之北，大門坐北朝南，門上的匾額「中憲第」三字為乾隆御筆，門前有石獅一對，中前方有旗杆。在我小的時候，只剩下半人高的一個龐大的石座和其中的一截木樁。旗杆座以外是一堵石砌的欄馬牆，來客應在牆外下馬。第內院落重重疊疊，分作東西北三部分。我們家是中憲第的一房，住在東邊部分，另有大門朝東開向城中主要大街，就是有石鼓的那個門，但有一後門通向中憲第正門。西邊部分原屬中憲第另一房，因在清季赴福建做官滯留未歸，房子已賣予外姓。北邊一部分本來也屬中憲第一房，但不知為什麼由馬姓另一支居住。在北部院落之前有一座獨立的廳房，稱作神主屋，是中憲第各房存放神主牌位、畫像、祭器和旗傘一類執事的地方。我幼時所見祖先的巨幅畫像有幾十卷之多，都是工筆細描，不論男女無不正襟危坐，看來大同小異。因為畫帙巨大，卷軸眾多，只可永遠沉睡在楠木匣裡，連祭祀時都無法張掛。據縣誌載，馬氏在明朝初年由諸城遷來，到民國二十一年修誌的時候已傳至第十七代，並說在縣中是「累代簪纓，最為顯著」。像這樣的一個大族，當然稱得上是封建餘孽，不免成為歷史前進的阻力和累贅。按照常理推斷，就是沒有黃河的問題，也絕度不過文化大革命破舊立新的大關。返鄉弔古，也甚是多餘。很可能不但無古可弔，碰一鼻子灰也不算稀奇。幸而自摧毀四人幫之後，懷舊之情復熾得厲害。既然同志愛證明了絕不可靠，家族愛、鄉里愛等似乎仍有存在的必要，否則彼此吞食的結果，只能為其他文明的族類供應一齣復回恐龍時代的鬧劇，不但甚不高雅，也實在傷筋動骨，絕非愛國愛民的偉大領袖們之初衷所在。我自己在度過了三十餘年的無根生涯之後，雖不會以我的祖先為榮，也絕不以我的祖先為恥；生人沒有理由再為入土的死者背負十字架。又僥倖從小就遠離了故鄉，心中不曾存有「階級」的烙印，所以也就少了幾分自慚自卑的情緒。我對我的祖先，就正如做為一個中國人對待過去的中國歷史一般，深感漢唐盛世挽救不了今日民族的冥頑衰頹，但把中國的過去描繪成黑糊糊一團糟，以厚誣祖先來證明今日之如何光明如何幸福，也大可不必！我的祖先是中國過去的社會與文化形成的一部分，我今日不但生物上是他們的遺緒，而且在命運上依然承受了他們的行為、他們的思想、他們過去所造成的一種集體的文化意識型態的左右和影響。因此在我最深刻的情緒層面上，有一種潛在的尋根探源的情愫，幾近乎一種生物的本能。這一種本能倒還是所有的人類都可以建立起心靈溝通的一個基點。我還鄉的心願之所以能夠順利達成，大概也就是由這種尚可溝通的基點作用的結果吧！

陪我還鄉的除了我的一個姨母（我母親的叔妹）、一個表弟（我另一個姨母的兒子）以外，還有高教司的一位代表。我在濟南租了一部小汽車，目的地是晏城北孫莊我舅母的家裡。可是事先跟高教司的同志說好，我要路經一下齊河故城的原址，親眼看一下是否原來的老城真如傳言般地已沒入河底。

我們從樂口渡黃河而西，新建的公路橋尚沒有通車，還得要靠擺渡來過河。雖然時值隆冬，黃河的水並不曾凍結，依然攜帶了千年的泥沙滾滾東流。過河就是直通博平和聊城的公路。公路平坦筆直，夾在兩排挺拔的白楊樹間，與我過去記憶中的黃土路很為不同。現在楊樹上連一片葉子也沒有了，襯著一漫凍僵的黃土平原，景色甚是荒瘠。依我的記憶，齊河故城距濟南不過四十華里，過河以後就請司機留意。我們一過黃河的大壩，眼前就展現了幾簇村屋，有的還矗立著磚窰的高大的煙囪。司機停下車來問了一位步行的鄉人，誰知當地的鄉人也並不十分清楚，只說不遠處的一簇村屋可能就是齊河故城所在。遠遠望去，只有低矮的土屋，小村而已，哪有半點故城的痕跡？在半信半疑中，司機照鄉人所指，折上南行的土路。在接近了第一座土屋時，又停下車來。這回我自己迫不急待地打開車窗，問站在路邊正在好奇地觀望著的鄉人這裡是不是齊河故城。

「就是！就是！」鄉人不帶任何表情地回答說。

我鬆了一口氣，走下車來，十分惶惑地環視著四周荒瘠簡陋的景象。

「那這是什麼地方呢？」我又問。

「這裡是原來的北關！」

我只能相信時間是一隻多麼殘忍無情的手，三十多年的時光，把昔日的繁華巍峨都摧殘淨盡了。

我下車後，往前走了不遠，又問鄉人：

「原來的北門在什麼地方？」

「就是這裡！就在你站的地方！」

「我站的地方？」我迷惑地看看腳下，又望望四周，前後都是毫無異狀的土路，兩旁有幾棟

在街角的泥土地上平躺着一具雕琢細膩的石鼓。

土屋，幾隻母雞正在屋前的豆楷垛邊覓食。哪裡還有一星半點城牆、城門、城樓的遺跡？這真是一個荒唐的夢！如果這裡果真竟是原來北門的地基，那麼進城一箭之遙的小隅首，就是我的故宅了。抬眼望去，已沒有我所熟悉的半磚隻瓦，沒有任何店舖，更沒有高台廣廈，有的只是東一處西一處零落的土屋，屋外散置的是秋收後農作物的遺存，與華北任何一個偏遠的尚沒有接觸到現代文明的農村沒有任何差異。我只有在半醒半夢的迷惑中繼續前行。終於我看到了一列紅磚紅瓦的房屋，還有在街角的泥土地上平躺著一具雕琢細膩的石鼓。啊！我母親叫做赤虎的我的石鼓竟還在這裡！但為什麼只剩了一隻，屍骸似地橫臥街心？我不明白！環繞著我的年輕人也無法回答我的問題。

「這裡是小隅首嗎？」我又問。

在得到了肯定的答覆後，就無法再懷疑這裡是我故居的遺址了。但原來的灰色磚瓦變作了紅磚紅瓦，建築的形式和規模也都改變了樣子。在原來的大門的地方矗立著一棟較高大的轉電所。鄉人告訴我，現在這裡是城關公社的小學。

「小學？」我吃了一驚，這不是我夢中夢到過的情景嗎？

由此西行，在約摸原來中憲第的大門處就是學校的正門，門旁的水泥柱上用印刷字體書寫著「齊河縣城關公社……」下面的字體漫漶遺脫，好像是「城關小學」，或者是「附設小學」，或

在約摸原來中憲第的大門處就是學校的正門。

者是「縣立小學」不得而知。

這時踱過來一個老人，我好像突然發現了歷史的遺跡般興沖沖地迎上去叫道：

「老大爺，請您告訴我，這裡就是原來的中憲第嗎？」

「是呀！這裡就是中憲第！」

「獅子呢？」

「還獅子呢，什麼都沒有了啊！」

「那麼老大爺，你是誰呀？」

「我姓倪。」

「姓倪？那你是倪大爺了？」我突然想起中憲第前的一個鄰居，原是少有的住在城裡的一個農戶，小時候我常去看他們豢養的豬。那時候因為他們借用我家的地基打場，所以對我非常和氣。

「我是中憲第的復興！」我大聲報出了我的小名。

「復興？你就是復興？」倪老頭執起我的手來，眼眶都紅了。「趕快家來吧！」說著就把我拖進學校前的一個小院裡。這竟是唯一沒有多麼改變形貌的一所農家房舍，木板的屋門，窗紙糊在裡邊的木製的窗櫺，仍然都還是我記憶中的模樣。這時候從北屋走出來一個小腳老太婆。

「這是倪大娘嗎？」

窗紙糊在裡邊的木製的窗欞，仍然都還是我記憶中的模樣。

「可不是啊！」倪老頭急忙解釋道：「她是你倪大嫂。你倪大娘早就過世了。俺是你倪大娘的兒子，你倪大哥啊！」

可不是嗎？倪大娘若還在世的話，還不該快九十歲了嘛！原來眼前這一雙老人，一個是當年二十多歲的小伙子倪大哥，一個是當年的小媳婦倪大嫂。我簡直是發生了時間的錯亂了，不能自主地企圖把三十多年的光陰排除在我的感覺之外。倪大哥叫我突然間面對了嚴酷的現實，當日二十多歲的小伙子，現在還不該六十開外了嗎？艱苦的生活，使他看起來像七八十歲的老人。

我們相對欷歔一番，竟沒有足夠的時間使倪大哥尋出明確的思路來描述當地的變遷。於是我請他陪我到學校裡——也就是中憲第的遺址——一走。

進了校門，倪大哥指著一株高大的樹說：

「你看，這不是還有這棵樹嗎？」

不錯，這正是我家後院樓前石階下的一株酸棗樹。我小時候見它經常在半枯的狀態中，卻每年也結出不少足以逗引鳥雀的酸棗來。那時候大概除了我以外，沒有人對這種搗牙酸齒的小棗有任何興趣。其餘的幾株本來十分繁茂的石榴樹則全不見踪影。這株酸棗樹大概正應了莊子所謂的無用之木的好處，居然挺熬了三十多年，不但未被人砍伐，也未曾枯死，反倒更為高大旺盛了。現今已超出校舍兩倍有餘，傲然地俯視著全校，在枝椏間還繫了一個報時的鐵鈴。我忍不住在樹下徘徊低徊了許久，才為倪大哥導引去見在村中尚殘存的幾個同族。

走出學校的時候，我發現東南西三方面都是一片荒郊，房舍全無，只有北邊還有一片連綿的土屋。文廟、定慧寺、縣衙門、馬神廟、城隍廟、馬氏宗祠、房家牌坊等都已片瓦無存，真好像我過去的記憶不過是我一時的幻想，不然就是做過的一個荒唐的夢而已！

二、重踏上祖先的土地

我稱這次的經歷為還鄉夢，那是因為我的感觀的經驗常常使我有一種似真又夢的幻覺，特別是如今又遠離了我的故土，不知道在那裡又在醞釀著什麼樣的噩夢。我在重新回憶當時的感覺，並把這種感覺所自來的現象記錄下來，除做為一種歷史性的見證外，並企圖像一個析夢的醫生般探討這夢境所代表的心理情狀。如果是我個人的夢境，那就是因我個人的心理情狀而形成；如果是一個國家或一個民族的大夢，那就是因一個國家一個民族的心理情狀所形成的了。我無法排除這種大夢的感覺，因為在中國大陸居留的這四個多月中，我所遭遇的人與事，無不如夢境中的一般。沒有一個人可以清楚地把自身的行為和遭遇析理出一個頭緒。大家都似乎失去了自主的能力，被動地等待著，不肯也不能應用自己的判斷力地混著日子，沒有人願意有擔當地負起任何責任。我也感覺出來，領導的人只希望人民順著他們的指揮棒跳舞，而並不希望人們有什麼特立的見解和獨特的行為。因此之故，人民也只好把國家前途的責任，把增加生產的責任，甚至於把改善一己生活的責任，都一股腦兒地寄放在領導的肩上，樂得自己像夢中的一個沒有個性沒有作為的影兒似地混熬著日子。比起我現在所居身的太過於積極競進的社會，那倒也算輕鬆悠閒得多多了。

這三十多年來，每一個清晨從夢中醒來的時候，都盼望是自己在做了一場噩夢，醒來時發現我幸福地生活在自己的國土上，而不是一個流落異域的外鄉人。

飛機快要在天津的機場降落的時候，我的眼淚就再也忍不住地紛紛地流注了下來。由香港到天津的這一條航線是十月二十三號開航的，我二十八號就來了。下飛機之後，發現是一個很小的機場，就像中美洲國家的那種小型機場，要經過露天的停機坪步入入境的檢查機關。首先經過的一關是檢查旅行證件和防疫證件的。防疫證件雖沒有，不過有這麼一關。站在高大的櫃台後面的檢查人員，在我這個初入國境的人看來，都好像是人民解放軍的形貌，因為他們穿的不是藍色的制服，就是草綠色的軍裝，有的在領子上還綰著沒有級別的解放軍所獨有的那種紅牌牌。後來我聽說天津機場本是軍用的，剛剛開放民用，仍然由解放軍來管理，那也是不足怪的。

到了檢查行李的時候，我發現這裡的海關人員確乎都是未經過訓練的生手，因為我帶了幾個電子計算機、幾架照相機和電影機，還有為親戚帶的一架較大的收錄音機，也不過是常旅行的人或回國探親的人必帶的事物，海關人員已經有些不知如何處理是好了。張三問李四，李四問王五，忽啦啦一大夥人都擠到我這邊來，有的人不過是過來湊熱鬧而已。有一個海關人員搬來了海關條例的大簿子，從裡邊查到了應抽的稅目，但因為我是被邀請的客人而有些猶豫。最後還是由一個好像首腦的人員決定應該照章抽稅。我自己只是聽人發落而未出一言。當然所抽的稅是超過了物品的原價的，使初到中國的人很感震驚。但是我早有心理準備，倒並不覺意外。我身上當時沒有人民幣，這又只好丟下行李，由一位海關人員陪我再折回原路去換錢。我敢說這時候來接我的親友，遠遠地望見這一幕，免不了大吃一驚，以為我犯了什麼錯事，又給押解出境了呢！

到了換錢的櫃台，沒人！這就由押我來的那位海關人員老張老李地喊了一陣，才把人喊了來。就在這時候，又有一位來換錢的老兄站到我身旁來。想不到這位負責換錢的人員全不問先來後到，竟由後來的那位老兄開始，反把先到的我晾在那裡。後來的那位大概是很懂國內情況的華僑，毫沒有禮讓之意，使我不得不自己表明我是先到的。誰想換錢的人員並不覺自己有什麼錯誤，或是明知而不肯改正，把眼皮一翻說：「這不下來就管你了嗎？」堵得我無話可答。後來我才知道，在我的祖國並沒有先來後到這種觀念，全憑功夫硬，硬擠！

在接我的眾人中，除了某大學的系主任、外事主任和另一位同志外都是我的親戚，其中有我多年不見的表舅，有我離家時才十來歲的小姨（就是後來陪我還鄉的那位），還有他們兩人的兒子，都是比我年輕很多的表弟。本來我一過了檢查證件的那一關，我的小姨已經大叫「復興」！這個小名已經多年沒人叫起了，使我恍然又回到幼年的時光。但為了檢查行李的關係，只可先跟他們打一個簡單的招呼，又立刻返回到海關人員那邊。後來等換過了錢、交清了稅，這才由我的親戚們七手八腳地把我的行李提上了一部大學派來的在中國大陸叫做麵包車的那種半大的汽車。我們七八人魚貫地上了車，在車內說了些寒暄的話，就一逕地送我到天津第一飯店，而且把我一直地送進了房間。大學的代表坐了一會兒就起身告辭了，留下我跟我的親屬單獨相對。開始我還擔著心事，深恐學校的代表一直陪在這裡，就像我在香港的雜誌上看到一位美籍華僑的抱怨。在他返鄉期間，官方的代表從早陪到晚，寸步不離，使他沒有任何跟自己的親人說幾句悄悄話的機會。天津畢竟是大都市，與鄉村不同。其實暌違多年的親屬驟然相遇，彼此都感到些懵懂與訝異，縱有千言萬語，豈又是一時一刻吐得出來的？但我看得出來，我的親戚跟我一樣，心中都非常激動，好像兩道阻絕的水流，忽然閘道一開，雙方都會迫不及待地嘩啦啦朝著對方直撲過去。血緣的關係就有這種力量，難怪凡有生息之物，都眷戀著自己的同類與故土！

我心中說不出來的感動，我終於又回到充塞著我的祖先鬼魂的地方。數千年來他們在黑暗中掙扎著企求一點光明，直到現在仍然如此。我心中為此充滿了憂傷，像一個初回到家的棄兒，我的不豫與不適，也會肆無忌憚地發作出來。我所說的，可能不是悅耳動聽的阿諛奉承之詞，但確是我經歷到的實在情況和我真實的感受。我覺得我唯一與我祖先的土地重新關聯起來的方式，就是把我的傷口和他的傷口都坦露出來，在痛苦中尋求癒合的可能。

三、我的第一個困惑

到中國以後，第一件使我感到困惑的事，是言與實之間的差距和目的與行動之間的矛盾太過於顯著了。這種差距和矛盾存在於任何國家和任何地域，但在其他地方總需要長時間的觀察和細心的發掘才可以發現出來，不若在中國第一眼所能看到的第一件事就表明了這種差距和矛盾。

在海外時一向覺得中國不論官方還是民間，都強調朝氣、樂觀、向上和無私的精神。這種論調無日不見於中國的報章雜誌。但是當我面對了中國的社會現象就不能不大惑不解了。首先給我印象最深刻的是房屋和服裝的顏色與以上所言的精神恰恰相反，是陰沉、晦暗、悲觀而喪氣。天津市的房舍，一眼望去，主調是灰色的。雖然解放以後已經過了三十多年，但新建的房子很少，可說百分之九十以上仍然是四九年以前的老建築，甚至於可以再往前追溯到租界時期外國人所建的洋房。這些老建築，現在看來不但已破舊不堪，而且不曾維修，本來的顏色早為歲月的灰塵所汙染，似乎多年來從未油新。天津本是個風大塵多的地方，天長日久地為風塵所襲，都成了一律灰不溜丟的顏色。再加上唐山地震不久，到處充斥著粗陋的臨建，更增加了破落的氣氛。新建築需要資金，自然不易，但粉刷修整在人眾手多的情形下應不太難，不知為什麼竟任其呈露著這種破敗晦暗的面貌。

同樣的情調，也表現在服裝上。除了少數的婦女穿著略有顏色的衣服外，多數的婦女和幾乎全部的男人，就只穿兩種顏色，一是灰色，一是藍色。灰藍二色都不是代表朝氣和樂觀精神的，不知道為什麼在口頭上追求樂觀向上的同時，在服裝上表現出來的卻是悲哀與喪氣？服裝的剪裁一般也都是臃腫拖拉，穿在年輕人身上，使年輕人也成了行動遲緩暮氣沉沉的老人。在服裝設計上與所追求的精神狀態，可說是背道而馳。我也跟我的親友談過這個問題，他們有的說：「我們是生活簡樸，不重外表之美。」有的說：「誰敢標新立異？你要穿不同顏色、不同式樣的衣服，人家不批評你奇裝異服才怪！誰敢去冒這個險？」所以表現樂觀的顏色、表現朝氣的剪裁，都得要冒險的，固守在晦暗與暮氣之中，反倒相當安全。這表現了現代中國人的一種很奇特的心理。

要說中國人不愛美、不愛俏，那也是不正確的。我的小姨就做了一件很漂亮的紫緞棉襖，可是她不敢穿在外面，在棉襖外又加上一襲藍粗布的套褂。我說：「你這件漂亮的棉襖，花了錢，花了工夫，不等於白做了？這麼密密地遮掩起來，誰也看不見你這件漂亮的服裝！」

我的小姨回答說：「我的棉襖不是給人看的，我自己知道我裡邊穿著一件漂亮棉襖就夠了！」

「這不是很自私嗎？漂亮的東西只留給自己看，不給別人看！」

我小姨沒法答覆我的問題，只笑道：「我們國內都是這樣的！」

她說的不錯。我後來發現，不但婦女把漂亮的衣服穿在裡邊，就是男人也是一樣。最普通的現象是皮袍毛都朝裡（這也是早有的傳統），而且料子較好的袍面，也必定罩以外褂。所以不管裡邊穿了多麼華麗的服裝，從外邊看起來仍然是破舊暗淡的。因為破舊暗淡代表了窮苦，窮苦就代表了光榮與正確。既然如此，又為何追求富足？

我每次遇到當權的幹部時，總忍不住提出這個問題來。我說：「這三十多年來政治上是窮人當家，意識上強調的是越窮越光榮、越窮越正確。那麼現在搞得全國上下一窮二白，豈不是求仁得仁皆大歡喜嗎？還要搞四化做什麼？追求財富做什麼？」

每次他們都回答我說這都是過去四人幫左傾路線的錯誤，今後要鼓勵人民發家致富。可是經過三十多年的教訓和宣傳，有幾個人膽敢去發家致富？在衣著上就明顯地表現了這種以富麗為羞的心理。這種裝窮懼富的心理是隨處可見的。譬如我所見過的名人，很多人強調他們的祖先是窮人。最可笑的有時說成是「窮地主」；因為窮地主比起富地主來又該高一等了。

我有一個表弟，自己做了一套沙發，買了兩元一尺的布料做沙發面，然後又買了兩毛一尺的粗布做了套子，把漂亮的沙發面罩起來。我問他是經常罩呢？還是有時罩一罩？他說罩上就不拿下來了。我說：「既然如此，那兩元一尺的布面豈不永遠看不到？為什麼不乾脆用兩毛一尺的布做沙發面，豈不省下不少錢來？」

他尷尬地笑道：「事先俺沒想到這個理！」

這同樣表現了不合邏輯的節儉和裝窮懼富的扭曲心理。

我有幾次到我親戚家去，因為房子設計不良，樓梯間不見天光，就是大白天也得拿手電筒照路。我就覺得奇怪，為什麼樓梯間不裝盞電燈？我的親戚說：「裝了燈泡不是給人打壞，就是給人偷去。因為是公共的，誰都不會愛惜，所以乾脆不裝，大家摸黑！」

噫！三十多年破私立公的強制教育，怎麼造成如此的後果？強調私有制度的資本主義社會，反倒看不見這種不愛護公物的行為。這豈不也是值得深思的問題？

與西方的社會恰恰相反，在我祖先的土地上，我聽到的無不是為公，我看的卻無不是為私。在人家已成為習慣的公共秩序、公共衛生，在中國都是特例。交通秩序相當紊亂，坐車步行都覺擔心。不論火車還是公共汽車，人們爭先恐後擠到無法上下的程度。公共廁所少人打掃，痰卻是眾人隨地皆吐！這又豈是破私立公教育不夠的原因？對「私」的貶抑之甚、懲罰之重，各國皆無，而結果竟是愈破愈盛、愈立愈倒，豈不怪哉！

我堅信這種形之於外的種種矛盾現象，並非出之於偶然，而是有一種特定的心理狀態做為基礎的。

四、大陸的旅館

我在天津所住的天津第一飯店，雖稱作第一，其實並不是第一流的。聽說最好的旅館是別墅式的，都是過去資本家的公館或政要的官邸。這樣的賓館，每天至少要一千人民幣，大概除了國家貴賓如西亞努克親王之流，只有像包玉剛一類的大資本家才住得起。我住的天津第一飯店應該說是屬於中上的一類，華僑每天算二十八元，要按外賓的身份算恐怕還要貴一點。二十八塊差不多等於一個剛進工廠的工人的月薪，對國內的一般人來說也是住不起的。所以住在這裡的客人，多半是外來的華僑和外賓，也有少數出公差的幹部。但不管職位多麼高的幹部，我想也非得由公家開支才住得起。在低工資的制度下，如何來開支比例上相當龐大的出差費，我不得而知。

這個旅館也是解放以前建造經過整修的老房子。房間的款式和設備，有些像歐洲的老旅館，裝潢上帶點戰前的古色古香。譬如說那種長條木板鋪成的地板、沉重的紅絨窗簾、笨重的大銅床、方方正正的沙發，處處都顯示出上一代人的口味，距離現代人的審美和實用觀點都相差很遠。

我後來在北京所住的華僑大廈，倒是解放以後建的，但和天津第一飯店完全是一個格式，除了房間小以外，設備裝潢都相差無幾。就是兩年前剛剛完工的泰安的泰山賓館，外邊看起來很新，裡邊居然也是這種老樣子。杭州的華僑飯店也類似。想是同一級別的旅館都有一定的模式，不可能讓不同地區的設計師發揮他們的想像力和創造力。

我住在五樓，一層樓只有十幾個房間，打掃衛生的服務員卻有七八人之多，都是二十多歲的小伙子，沒有女性，聽說是為了避嫌。每天早晨十點多鐘來清掃房間，都是四五人一擁而進。人多工作少，所以有一半人可以停下來跟我聊天。有時候聊熱鬧了，所有的服務員都住下手來參加。我從他們那裡知道了不少年輕人謀職就業的情形。雖然他們說能夠在大城市裡找到這樣的工作已經不錯了，但是因為待遇低，又沒有什麼前途，所以做起來也只是敷衍了事混混日子而已。七八個服務員所做的活，還不及香港旅館中一兩個清掃女工做得徹底俐落。我常常發現地板沒有掃乾淨，或是字紙簍忘了倒、桌子忘了擦什麼的。要是我早上正好有事，請他們晚一點或者下午來打掃，多半就會忘掉了不來打掃。但是他們都是很可愛的青年，只是毫無紀律，缺少管理。我有一次就直接告訴他們說：「你們都很可愛，我很喜歡跟你們聊天，可是對你們的工作我無法恭維，你們實在沒有做好你們的工作。你們這樣馬虎了事，你們的經理就從來不說你們嗎？」他們聽了我的話當時有點不好意思，可是以後馬虎如舊。我從來沒見過經理人員，也不知道誰是經理，好像管理人員是躲在幕後的，不見客人，神祕得很。有一次因為浴室中的燈泡壞了，我告訴了服務員，等了一天，沒人來換，我出門時就又順便告訴了櫃台上的人。回來時見燈泡已換好了。有個服務員抱怨說我應該直接告訴他們，不該告訴櫃台上的人。我說：「我早告訴過你們，你們不來換，我才又告訴了櫃台上的人。」想是櫃台上的人有管理人員在內，服務員吃了排頭。

最感不便的事是所有的旅館都不給客人房間的鑰匙。鎖門固然可以順手帶上，開門卻必得麻煩服務員不可。雖然一層樓有七八個服務員，有時候竟一個也不在，常常要到處找人來開門。對這一點，北京的華僑大廈要好得多，平常每樓總有一個值班的服務員坐在那裡，他遠遠地看見你上樓來，鑰匙已經替你預備好了。打掃房間也只有兩個人，從不跟客人聊天，顯見得是比較有訓練的職業性服務員。他們態度和藹有禮，工作效率比較高，當然跟客人中間也就保持了一個相當的距離，沒有天津第一飯店的小青年那麼可愛可親。

年輕的服務員做不好工作，倒並不一定是能力差，很可能反倒是因為能力太高，對這種簡單的工作提不起興趣。因為在目前社會主義的制度下，工作的機會都控制在政府的手裡，一切都得按計劃行事。幾個坐在辦公室的官僚，有沒有能力掌握好社會上人才的供求關係，有沒有能力做出合理的分配，是很值得懷疑的事。因此在謀事求職方面，走後門拉關係之風很盛。如果有當位的人，就可以不問什麼計劃不計劃，例外錄用；沒人的話，政府的計劃就是推搪的借口。天津第一飯店有一個在餐廳服務的年輕人，叫小李，人長得很清秀，說話舉止都很文雅。聽比我早來的客人說，這個小李又會唱又會畫，很有些才分。有一天趁點菜之便，我就問到他這個問題。他坦誠地告訴我，他很喜歡畫畫，平常跟一個畫店的師傅習畫，早就跟師傅講好要轉到畫店去工作，只是這邊不肯放人。我說：「你辭職不幹還不行嗎？」他說：「那可不行！這邊不給離職證，那邊根本沒法辦就業的手續。」我說：「你一定要走，誰還留得住你？」他說：「我不幹，只是這邊砸破飯碗，那邊還是不能就業。」我說：「就沒有別的辦法？」他說：「有辦法，得送禮，得請吃飯！我沒這個錢，也不願這麼做，所以只好先拖拖看。實在拖不過去呢，最後恐怕也只好送禮。」連辭職都得送禮請客，謀職就更不用說了。人才市場和貨物市場一樣，控制得越嚴，就越沒有自行調整的可能，反倒普遍造成走後門拉關係的副作用。

我所住過的這一類專為華僑外賓而設的旅館，都附設有餐廳，但三餐有一定的時間，過時不候。餐廳的服務員一般都非常多。譬如北京華僑大廈的附設餐廳，不過四十多張餐桌，男女服務員竟有一打以上。人多並不見得就服務周到，常常是幾個服務員站在一邊談天，對顧客的需要並不理會。有時服務員談笑的聲音比顧客的聲音還大。對客人的態度一般說維持了一種表面的禮貌，但使人感覺到有一種心理上的矜持存在，也就是說以一種驕矜的態度來掩飾心中對這種工作的輕視。這與西方餐館中職業性的侍者和臨時打工的學生的態度很不一樣。最明顯的差別就是使人感覺到這些服務員並沒有把客人放在眼裡，而且隱隱然對客人有一種敵視的心理，好像時時在說：「你們算些什麼東西，我來伺候你們！」年紀大一點的態度比較輕鬆自然，越年輕的越有這種驕氣，因此使來吃飯的客人們特別小心，以免無意中有所冒犯。這種緊張的心情，只有在遇到帶小孩的顧客時才能沖淡下來。特別是女服務員們，一看到小孩，立刻就露出那種自然的母性心理。如果是個可愛的小孩，那可就熱鬧了，你也抱，我也抱，四五個女服務員立刻拋下別的客人，忘了自己的工作，又說又笑地逗起孩子來，使帶孩子的客人會發生一種探親戚的錯覺。最有意思的是有幾個女服務員的確承擔起了阿姑阿姨的責任，不但逗小孩，而且還代客人管教孩子。有一次有兩個小兄妹，因為妹妹搶了哥哥的玩具不肯還，可不得了啦！所有的女服務員都站出來主持正義，你一句「不知羞」，我一句「壞孩子」，把個小妹妹罵得放聲大哭，弄得那位做媽媽的華僑在一旁哭笑不得。

在這樣的餐廳吃飯，得抱著一種優閒的欣賞態度才行。如果你有急事，那可就麻煩了，因為你摸不準什麼時候有個服務員會注意到你在急等點菜。點了菜，即使你囑告了要快，也拿不準什麼時候你的菜能夠上得桌來。快餐這個名詞，在事事比慢的社會中則從未聽說過。最妙的是有一次在北京華僑大廈的餐廳中，滿座的客人坐等午飯，服務員站在一邊，一個也不過來。大家都很有耐心地等了約莫半個多小時，才有一位服務員一桌桌地來知會我們，廚房的煤氣用光了，現在去買煤氣，所以一時開不出飯來。我問他難道就沒有候備的煤氣筒？他說：「沒有！」我怕他聽了我的質問心裡不舒服，趕緊解釋道：「這自然不是你們服務員的錯，不過你們經理為什麼不做事先的計劃安排？」他說：「我們經理在二樓辦公，從來不下來的。」在這種經營的方式下，難怪服務員們談天的談天，說笑的說笑，並不把該做的工作當作一回事情做。這跟香港餐館中的經理人和領班們對服務人員那種虎視眈眈的情形，真有天壤之別。

北京華僑大廈櫃台上的人員，不如天津第一飯店的客氣有禮，這跟顧客的身份大概有些關係。天津第一飯店的客人中有不少外賓，北京的華僑大廈卻幾乎是清一色的華僑。在一個階級意識強烈的社會中，這種等級的差別很容易從人們的態度舉止和言談話語中表露出來。譬如說北京華僑大廈不能預訂房間，一直要等到當天四點以後才告訴你是否有空房。櫃台上的人員是一付鐵板面孔，一嘴官腔，對來訪的外客控制得也特別嚴。反正這些來來往往的港澳僑胞成群成夥，不怕得罪！

我所住的多半是華僑外賓的旅館，那麼一般國內的人所住的旅館又怎麼樣呢？我倒也有過一次住普通旅館的經驗。因為天津距北京只有兩個鐘頭的車程，我住在天津時有一個表弟從外地來看我，我們便決定跟另外住在天津的一個表弟利用周末的時間到北京去逛逛。我請領了一張到北京的旅行證。大概因為我畢竟原本是生在中國的，而且又有兩位本地的親戚陪著，所以也就沒人操心為我安排住宿的問題。可是據我的表弟說，在大都市住旅館並不是件容易的事，一般都得具備工作機關的出差證明或者介紹信才行。所以到北京下車以後，第一件事就是去找到我表弟父母過去的一位同事，替我們開一封住旅館的介紹信。這件事因為有熟人的關係，很順利地辦到了。介紹的是崇文門附近的一家旅館。我的表弟們畢竟年輕，沒有多少經驗，到了旅館以後才知道除了介紹信以外還得要出示工作證。每一個有工作的人隨身都攜有工作證，我的兩個表弟都有，只有我沒有。我乾脆說明我是回國教書的華僑，沒有工作證。旅館的管理小姐倒沒有說什麼，留下了兩個工作證，收了每人兩元的住宿費，准我們住在那裡。只是兩三人一間的客房都住滿了，只有八個人一間的一種。八人一間就八人一間，這樣可以多接近一下群眾，豈不更有意義？

這八人一間的客房對我來說實在是似曾相識，因為房間的大小和四張雙人床的格式與我大學時代住過的學生宿舍可說是一般無二。我的兩個表弟各佔了兩個上鋪，我佔了一個下鋪。另外的五位：有兩位是哈爾濱來的某學院的老師、一個唐山來的年輕人、一個內蒙來出差的幹部，還有武漢來的一個解放軍同志。房間中有兩個熱水瓶、八個茶杯，每人有一個臉盆，兼作洗腳之用。盥洗室也跟我大學時代宿舍裡的格式很相近，有一個長水槽，上面裝一排冷熱水管，要洗臉洗腳都用自己的臉盆接了洗。好像並沒有浴室的設備，好在北方冬季天寒地凍，沒有時常洗澡的必要。每人床上有一床棉被，房內有暖氣並不冷。棉被自然跟大旅館的西式的被單不同，不能時常更換拆洗，所以不能算十分乾淨。大家睡覺只脫去外邊衣服，穿著裡邊的棉毛內衣，棉被髒一點也沒有多大關係。

我跟其他的同房一寒暄，立刻就被人發現出我跟本地人的差別來。雖然我身上穿了一件工作裝，可是我的眼鏡框跟國內的不同，髮式也不同，也許還有些別的我自己不覺而為本地人的感覺所區別出來的細節。我只有坦承我是回國的華僑，因此大家也就興味盎然地談開了。我談了些國外的情形。也聽到那位地震餘生的唐山來客細述了七六年七月二十八日夜三時四十分發生在唐山的驚怖慘劇。最令我驚異的是有一位哈爾濱來的教師，知識非常廣博，對國外的情形相當熟悉；甚至他竟知道倫敦過去的大霧乃出於工業的汙染，現在倫敦解決了空氣汙染的問題，霧也跟著消失了。一般國內的人，一聽我說來自倫敦，十有八九問起我倫敦的霧，而也十有八九並不知現在倫敦的冬季並不常有霧。這位教師是我所遇到的明瞭倫敦霧的前因後果的唯一的一人。自然他對國外的知識並不限於倫敦的霧，他也瞭解西方世界科技上的成就和民主政治的運作。我不免推崇他幾句說：「像你這樣的人才，在國內真可說不可多得！」誰知他竟嘆了口氣說：「這又算什麼！你不知道，在我們國家所憑的不是知識。有時候知識越多，反倒越倒楣！」我無言以對，這種情況到了今天是人人皆知的了。

住旅館最大的不便就是訪客的問題。中國的旅館對自己的工作人員雖然缺少管理，對外來的訪客卻管理很嚴。像外賓華僑所住的旅館，來訪的人都得要先填訪客單，臨走時還得住客簽名後再交還櫃台才行。我本來以為這只是防備從國外來的人，其實本地人所住的旅館也是一樣。有一次我有兩個親戚由外地來北京，也住在八個人一間的一家旅館裡。我去看他們，進門也要填寫單據，就如進入什麼國防要地一樣門禁森嚴。在處處設防的情況下生活，真也不容易。我的親友都說是已經習慣了，好像這是很自然的事，並沒有什麼特別的感覺。可是對不曾習慣這種生活的國外來的人來說，就形成一種心理上的威脅。這種管理旅館的方式，不用說是對發展觀光事業的一大障礙。一般度假的觀光客，追求的是閒散與自由，恐怕難以適應這種如臨大敵的氣氛。再說設備較好的專供應外賓和華僑的旅館，比起歐洲有些國家，像意大利和西班牙的同級旅館來，價錢都偏貴了些。目前吸引對中國尚抱有好奇心的富有觀光客，自然沒有問題，但如要長遠地吸引西方中產階級休假中的旅遊者，則恐怕不太容易。至於華僑，為了一慰戀祖的鄉情，只要不加以政治性的苛求，不管多麼貴，也只好認了。

五、大陸的飯館

中國是一個講究吃的民族，中國的餐館遍天下，可是目前在中國本土吃飯館卻是件挺麻煩的事。

在經歷過幾十種不同傳統的烹調之後，我的口味變得相當寬廣，什麼怪味兒都嚐試過，早養成了不講求口味的習慣。平時不管對不對胃口，照樣大口吃下，只要能填飽肚子就行。我在天津所住的第一飯店的餐廳，雖然在北方，做的卻是廣東菜。當然這個廣東菜跟香港翠園所做的廣東菜很不一樣，講口味，那是談不到。每天所做的都是固定的幾種菜，從不換樣。據說蔬菜與肉類的供應都不充裕，連豆腐也時常缺貨。這對我來說，倒沒有什麼不便，我並不是個特別愛吃的人。可是有一天我的表弟說帶我去吃一次「狗不理」的包子，我也就頓然萌生了那種換換口味的欣喜；

何況「狗不理」的包子在我幼年的記憶中還很有些分量。

狗不理包子舖就在勸業場附近。我們去的那天是星期日。為了怕擠，上午十一點就到了，誰知比我們來得更早的仍然大有人在。進門後的正廳，不管是樓上還是樓下都擠不進去，只好轉到跨院裡的後廳。那邊人也不少。在再沒有選擇的情況下，只有硬擠進去。進門後見廳中擺了十數張白木方桌，圍以高腳凳，這時早已滿座。人們抽煙的抽煙，喝啤酒的喝啤酒。（啤酒都用大飯碗盛，初見時不知道碗裡盛的黃色湯汁是什麼，後來才知是啤酒。）有的桌上已經堆了一盤盤白花花的狗不理包子。除了包子以外，也有切好的醬肉香腸一類的東西。有的人坐著一張凳子，一隻腳踩著另一張，大概是給朋友佔的位子。眾人吃包子的姿勢很有些大碗喝酒大口吃肉的武松的豪氣。室內可用煙霧迷濛、人聲鼎沸來形容。四面牆上沒有什麼裝飾，只有一邊牆上貼了一張紅紙，上書：

接待顧客　主動熱情

唱收唱付　交待清楚

介紹芳品　耐心不煩

飯菜食具　保證衛生

進門處有一個小窗口，大家得先排隊交錢交糧票，領一個號碼是一張隨便撕的小紙片，上面有一個歪歪扭扭的號數，還有另外一個歪歪扭扭的數字，看不太清楚，有點像醫生開的藥方，恐怕只有內行人才認得。包子有兩種：一種是豬肉餡，另一種是三鮮，稍貴。我們買了三鮮的。拿了這張小紙片，得到另一邊的廚房門口去等包子。廚房門口早擠滿了人，每一籠推出來，大家都想伸手去拿。我們的號碼是六十多號，恐怕有的等，所以並不著急。誰知我們買三鮮的是打錯了算盤，買豬肉餡的多，買三鮮的少，一籠籠推出的都是豬肉的，雖然早已過了六十號，仍不見有三鮮的推出來。這時我們已經等了一個多小時了，不免心焦。後來還是我表弟聰明，摸後門到廚房裏去，才把我們的兩盤三鮮包子端了出來。原來在我們以前，人們都是從後門來端三鮮包子，以致使三鮮的永遠到不了前門。

現在有了包子，可是找不到座位，只好每人端一盤到天井裡去吃。除了我們以外，院子裡已經先有人佔據了窗台、牆根等有利的地勢，我們只有在廁所門口那一帶尚沒被人佔領的空地上找到了立足之地。我倒並不怕站在廁所門前吃飯，因為是冬季，沒有什麼氣味，但很怕其他食客不停不歇地往地下吐痰。大概因為這裡是天井的緣故，大家都肆無忌憚地吐，盡情地吐，弄得地下到處是濃痰的痕跡。在你剛舉起包子往嘴邊送的時候，耳中已經聽到有人在清理喉嚨，接下來就是那清而脆之的啪的一聲。這時候縱有山珍海味，也不易下嚥。所以一頓狗不理包子吃下來，我沒有十分嚐出是什麼味道。以後自然也沒敢再去領教。

在北京下飯館更難。跟兩個表弟逛北京的那次，就遭遇到吃飯的問題。找好了旅館，但找不到飯館。不是完全找不到，找到的幾家我們都沒有本事擠進去。後來無意中瞥見一個西餐館的招牌，進去一看，果然人少一些。我們三人已是飢不擇食，看準了半張空桌，趕緊就座。一看牆上掛的菜牌，只有幾樣可點的飯菜。我們每人點了一客火腿蛋炒飯，一盤雞湯。等端上來一看，所謂的雞湯竟是清水裡浸泡著兩塊雞骨，一嚐，冰涼！我說能不能請他們把湯給熱一下？我的兩個表弟都主張不要多事。他們說：「你剛才沒見服務員那種長臉？」不錯，我們點菜的時候，服務員已透著一臉的不耐，我們話還沒說完，人已經轉身走了。正當我們議論的時候，忽聽哐朗一聲響，接著是那位女服務員的一聲尖叫，有一個中年人怒氣沖沖地奔出店去。原來是一位來退空飲料瓶的客人，因服務員不肯退，一氣之下把空瓶摔在了服務員面前，摔了一地的碎玻璃。所有的服務員都圍了過去，廚師也跑了出來，說是要揍人；但摔瓶的客人早已跑得沒了影子。我心中暗自慶幸不曾請服務員去熱湯，否則爭執起來說不定也會摔碎湯盤的。

第二天我們竟餓了一天，沒吃上飯。因為早上八點出去，已過了早點時間。原來所有的早點店，都很準時，一過八點就收攤兒。中午跑到王府井大街，本是飯館最多的地帶，無奈一個擠，一個髒，都把我們擋在門外。北京烤鴨樓一類的大飯店倒是不擠也不髒，而且有為外賓特備的雅座，無奈站在門口穿白制服的侍者，先得問你的身份，然後告訴你：「你訂座了嗎？你不知道我們這裡得一個星期以前訂座的嗎？」結果我們三人只好買了三條大麻花，一面逛故宮，一面啃麻花，直到傍晚回到天津的第一飯店才吃上了一頓放心的飯。

另一次跟親戚逛頤和園，在頤和園門口的飯館裡吃了一頓機器餃子，味道還不錯，價錢很便宜，可惜遇上了客人跟服務員吵架，雙方唇槍舌劍各不相讓。幸虧北京人文明，口雖尖利，畢竟沒有動起手來。下午在頤和園裡的南湖餐廳吃晚飯，沒料到才吃到一半服務員已把椅子疊上餐桌開始掃地，弄得塵土四起。這時除了我們以外，還有兩桌客人。我問服務員能不能等我們吃完再掃，想不到服務員把眼皮一翻說：「等會掃，你開工錢？」說完更著力地掃兩下，以示對我多嘴的懲罰。其他的客人歪過頭來對我笑，好像笑我自找釘子碰。

但給我印象最深的卻是在一家名菜館點名菜的經驗。因為我的一位舅媽帶兒子從外地到北京來看我，那時我已住在北京的華僑大廈。逛了一天名勝之後，我想請他們好好吃一頓北京菜。恰巧我們經過「老正興」的門口，一時觸動了我的記憶，好像過去在幾個有名的大吃家的文章裡看到過這個名號，於是就毫不遲疑地走了進去。進得門來，仍是人頭鑽動，座無虛席。想想到那兒都是如此，不如乾脆像別人一樣老老實實站在食客的背後等座位。當然也不能太過老實，在這種情形下得懂得點手急眼快才行。在我們四個大人手急眼快的動作下，不到半個鐘頭，也居然被我們搶到了四張方凳，擠出了半張空桌。落座以後，開始點菜。我看見菜牌上倒真有幾種普通飯館未曾見過的貴菜。我點了一道紅燒甲魚、一道清蒸雞，還有幾樣平常的炒菜。到菜上得桌來，我們一看，那一盤紅燒甲魚實在小得與菜價不襯。不但盤小，而且多甲少肉；不但多甲少肉，而且腥臭撲鼻。至於清蒸雞呢。我還以為是上錯了菜，因為是一碗清水湯裡浮著一大塊雞骨。用筷子把雞骨一翻，另一面是雞皮，原來煮的是雞乾！不能入口，自不待言。我親自到櫃台上去問，這是否就是菜牌上頂貴的那兩道菜。櫃台上的年輕女同志說：「我們就只有這種菜，不吃拉倒！」我碰了一鼻子灰，也無話可說。幸虧還有其他幾樣平常菜，像韭黃炒肉絲、紅燒豆腐什麼的，尚可下嚥。清蒸雞乾，沒有一個人咬得動。倒虧我的舅媽捏著鼻子把紅燒甲魚吃了。她說：「這麼貴的菜，不吃可惜了！」出門時，我忍不住對櫃台上的人說：「我算是領教了老正興的字號了！」其實說了也等於白說，櫃台上的人連看也不看我一眼。橫豎不管做什麼樣的菜，食客仍然川流不息，能找到個座位已算萬幸，誰去管菜是什麼滋味兒！

在飯館中討飯吃的人也不少，一般服務員多不加干涉。有一次跟親戚去吃鍋貼，沒吃到一半就有兩個年輕人站在桌旁來等。起初我還以為他們在等座位，可是我的親戚看出來了，就把剩下的鍋貼讓他們拿去。他們也不怕油，一把抓起，一面往嘴裡塞，一面裝進衣袋裡。另一次在泰安，因為跟親戚遊岱廟趕不及回家吃飯，就在附近的包子鋪買了幾斤包子，每人叫了一碗片兒湯，也是沒吃完就有兩個年輕人站在桌旁等。其中一人不到二十歲，長得相當體面。我問他那裡人，他說是德州人。再問他為什麼到泰安來，他就不作聲了，兩眼只盯著桌上的包子。我們留了些給他們兩人分了。至於剩下的片兒湯，當然不便給他們，誰知他們也伸手端起稀里忽拉地喝個精光。

一般飯館，因為客人太多，碗盤難以洗刷乾淨，菜又做得馬虎粗劣（就連北京的華僑大廈也出現過韭黃未洗連泥土一同炒的現象），吃起來實在不太放心。如此說來，就沒有像樣的飯館了嗎？當然也不是，好飯館還是有的。像北京飯店、北京烤鴨樓、四川飯店、北海公園的仿膳、天津的幹部俱樂部等，都算不錯的。在這種飯館裡不但有獨霸一室不受騷擾的雅座，而且菜做得也很細緻。只是這種飯菜，普通人有錢恐也無法吃到。有些飯館，普通老百姓根本連門也進不去。譬如天津的幹部俱樂部，其中有餐廳、舞廳（未開放）、游泳池、保齡球、台球等設備，還有一個很大的花園，是高級幹部消閒的地方。門口有人把門，憑證入內。我第一次去，是因為有人在那裡請客。第二次去，是拿了介紹信進去的。我的表弟說要是坐汽車進去，就沒人問。過了幾天，我叫了一部出租汽車，果然直駛而入，無人擋駕。可見汽車與身份在中國是有連帶關係的。

我的親戚告訴我，一般請客，要想菜做的像個樣，得首先打通廚師那一關才行。因為菜價雖然是公定的，選料與做法卻全掌握在廚師手裡。來吃飯的客人有沒地位、有沒權力、有沒關係，做出來的菜差別可大了。上次在老正興，要是有高級幹部、或廚師的表親做陪，大概就不會遭到腥臭的甲魚和清蒸雞乾了。所以我以後請客，都先事前打點，結果果然滿意，賓主皆歡。

飯館中食客之如此擁擠、質量之如此差、服務態度之如此惡劣，說起來如張大千的江山萬里圖——畫（話）可長啦。但人所共知的主要原因則有兩端：一是飯館數量太少，與人口不成比例；二是公營，沒人肯賣力經營。在社會上，一面有大批的待業青年無事可做，一面又不開放自行創業的機會，也算是社會主義社會的一大矛盾。在目前的情形下，一旦飯館開放私營，肯定會改善擁擠和質量低劣的現象，可是這樣一來必定會製造一批小財主出來。為了避免產生小財主，只好大家都來忍受目前這種供不應求的情形。也許有人說：難道不能運用西方抽累進所得稅的辦法嗎？不錯，這是個解決矛盾的辦法。中共現在也正在嘗試引進所得稅制度。但累進所得稅基本上是基於承認私有財產、鼓勵發家致富的一種制度，在一切公有的社會基礎上，累進所得稅制只用來做為一種抑制的手段，又會能產生什麼積極的意義呢？而且太多的制度與辦法都改做資本主義的，那麼所謂的社會主義還有些什麼具體內容呢？所以這樣的矛盾並不容易解決。

目前在中國想吃點有滋有味的，而且想吃得舒服，絕不能像過去似地下館子，只有自己在家中做。當然我指的是一般普通人，有地位有權力的人不在此列。

六、逛街與購物

我平時並不喜逛街購物，可是在旅遊的時候與平時不同，光坐在旅館裡發楞，又何苦大遠地去旅遊？

在天津我所住的第一飯店附近就有兩個市場：往南的小白樓一帶可稱為公私兼備的市場，有許多公營的商店，街上卻是些公私兼有的小攤販，賣的是水果、脆蘿卜、炒花生之類的東西。往北有一個室內的公營大菜場，賣肉類、蔬菜、水果、煙酒、糖果；並有僑匯專櫃，備有稀有的罐頭煙酒，憑僑匯券才能購買。

我第一天上街，就在小白樓當街買了一串糖葫蘆，不顧上面的塵土，當場就吃了。看我那副饞嘴樣，惹得同行的表弟直笑個不住。但他不知道這一串糖葫蘆代表了多少對故鄉和童年的回憶。

誰知那天回去就感冒。當然不一定是吃糖葫蘆吃的，但從此對當街販賣的糖葫蘆具有了戒心，雖說以後因抵不住誘惑又買過幾次。我也時常買了脆蘿卜回旅館削了皮當水果吃。脆蘿卜真便宜，幾分錢一斤，可就是夠辣的。

一般來說，我喜歡在街上小攤販那裡買，不然就到自由市場去買。雖然價錢貴一點，可是質量好，賣東西的人熱心，少惹閒氣。但有時因為距離近，也免不了去公營市場。那可大不一樣了。便宜是便宜，就是貨物不好，售貨員的態度又非常惡劣。有一回我到公營市場去買橘子，見一個女售貨員正坐在那裡發楞，就走過去說：「同志，來兩斤橘子！」售貨員看也沒看我就答道：「這橘子是酸的！」看意思是懶得站起來秤。我倒楞住了，想了想，只好說：「我就愛吃酸橘子！」這位售貨員這才不情不願地蹭過來給我秤了兩斤。賣瓜的說瓜苦，倒是第一次碰見！

又有一次因為買瓜子兒，差一點要跟售貨員吵起架來。我在這家公營市場賣乾果的攤位買過一次成包的黑瓜子，是用玻璃紙封起來的，上面印著大紅色的商標。誰知回到旅館以後，紅色的商標都跑到我的手套上去了。因此第二次買時，我請售貨員把幾包瓜子另外再裝在一個紙袋裡。我看她手下就放著一大疊糊好的紙袋。售貨員卻不耐煩地說：「這不是已經包好的嗎？還要什麼紙袋！」我給她解釋紅色商標掉顏色的問題，她轉臉去完全不理。我只好掏出錢來說：「我買一個紙袋行嗎？」售貨員說：「這紙袋不是賣的！」這種態度真夠氣人。我因為自己是外來的人，不好發作，可是拿起瓜子走又不甘心，摔下瓜子不要了，也不好，真算僵住了。這時已經圍過來一大圈看熱鬧的人群。我們中國人真喜歡看熱鬧，眼睛鼻子也真尖，馬上嗅出火藥味兒來，而且都在七嘴八舌地參加意見。這時候售貨員才懶不楞騰地撕了塊沾滿了塵土的報紙，把瓜子給我包了起來，仍然不肯給我紙袋。

當然並不是售貨員特別對外來的華僑不客氣，正好相反，機靈一點的售貨員看到外來的華僑會勤快些。但有些不機靈的，或者早已養成一種固定的態度和習慣，那就對誰也是一視同人，除非是碰到了要人或親戚，自當別論。對顧客愛答不理，出口傷人，是經常見的事，難怪在市場裡吵架的特別多。這樣的日子真不好過，一買東西就有機會碰釘子，好像大家都憋著一肚皮氣，誰也不愛伺候誰，我有位親戚說，他每次買香煙，售貨員看也不看就把香煙丟給他，時常丟在地下，他只有自己撿起來。他說他已經習慣了這種情形，早已不以為意。可是外來的人就難以習慣，因為在別的地方，從西方的資本主義國家，到第三世界發展中的國家，都沒有這種現象。我得自己承認很難適應售貨員這種態度。就是態度還過得去的售貨員，也有些叫人難受的習慣。譬如說找零錢，在別的國家都是售貨員當面把錢數清遞在你的手裡，在中國大陸幾乎所有的售貨員都是把應找的零錢往櫃台上一撒，東一張西一張要你自己去撿去數，好像你是帶有傳染菌的病人，他們不敢跟你發生任何接觸。一般售貨員也很少正眼看顧客的，用「目中無人」這句話來形容是再恰當不過了。這種彼此蔑視，甚至於無視的人際關係，真夠叫人喪氣的！當然站在售貨員的立場，其中的苦衷也並不難理解。所謂「敬業」，至少是自己願意幹的業，才可以敬得起來。現在所謂的「業」，都是「上頭」硬性指派的，本來就是一肚皮委屈，如何敬得起來呢？這種情況，我想居高位的人不會體驗到，第一因為他們很愛自己的「位」和「業」，所以很有敬業之心。第二因為他們自己既不是售貨員，又永遠不需要到市場去買東西，很難理解這種情形。公營的事業越多、越龐大，供應少數人的需要就越容易、越方便。在眾人的匱乏之中有所獲得，更能滿足一部分既得利益者的優越感與虛榮心，而正巧決策的權力又握在這群既得利益者的手中，是故改弦易轍非常不易。

當然也並不是完全沒有熱心和好心的售貨員，可是那是特例，不是一般的現象。譬如有一次我在王府井的東風市場買茶葉，那位售貨員人才又出眾，口齒又伶俐，態度特別和藹可親，不但細心地為我解說茶葉的品質和價錢，買好茶葉後要她怎麼包就怎麼包，一點也沒有露出厭煩的態姿。我當時真覺得好像不知到了什麼地方。這種特出的售貨員據說是重點培養的樣版，就好像農業的大寨、工業的大慶一樣，將來有被選為勞動模範，甚至有被選為人民代表的希望。報紙上時常登出來的特寫就是這一類的。那些態度不好的，自然永遠沒有上報的機會。所以光讀報紙，一定認為中國售貨員是世界第一。領導人很覺自慰，沒有到過中國的方外之客也很為羨慕；但是人民大眾日常生活中所遭遇的可全不是那回事。我不太知道在位的領導是真的顢頇無知，還是沒有面對現實的勇氣。不過我也替領導人想過，要他們知道真實的情況還真不容易，因為中國人一向有報喜不報憂的美德，報上登的以及下級打上去的報告，寫的準都是動聽的話，就是偶然寫上一條缺點，也早準備好九條長處，以便造成缺點是絕對絕對次要、優點是絕對絕對主要的一片大好的印象。叫部長級以上的領導人到民間私訪、蹲點，也是白費。重要的領導人，誰不認識？知名的領導，不管到哪個市場去訪問，我敢保證沒有一個售貨員敢再說橘子是酸的、瓜是苦的，也定沒有一個售貨員敢把找給領導的零錢亂撒在櫃台上，敢不抬起「熱切的眼光」注視著偉大的領導，敢不內心中湧瀉出「無限無限的溫暖」！如此說來，就沒有一個領導人是從下級上去的嗎？就沒有一個領導人以前也過過平民百姓的生活嗎？想必自然也有。但是不要忘記人是一種健忘的動物，眼前的舒適安逸常會沖淡了既往的慘淡與痛苦。馮驥才在一篇短篇小說「三十七度正常」中，就具體地描寫了這種高級幹部的健忘症。再加上他們都堅信「號召」的魔術，認為只要培養出幾個雷鋒似的樣板，就足以喚醒人們心靈中高尚的情懷，就足以像陽光之於春日的殘雪似地把人類自私的慾望消融淨盡；而他們自己自然並不在學習雷鋒之列！

我說好心的售貨員還是有的，或者也可能是平常態度惡劣的售貨員也有幾回善意的時候，否則做人也就真沒有意思了。我在杭州的時候，有一晚想買點水果來吃，走了幾家水果店，都只有一種貨：爛蘋果。我說的絕不誇張，那些蘋果都是霉爛了的，在任何我所經過的地方，都沒見過把這樣的水果擺到水果攤上去賣。然而目前在上等的水果都做了支援四化的外銷以後，人民也只好撿那些霉爛了的來吃了。這樣的蘋果，一斤也要一毛多！我翻了一陣，竟找不出一隻完整的來，只有抬起失望的眼睛望著那位售貨員說：「同志，還有沒有好點的蘋果？」那位女售貨員望了我一眼，俯下身去，在櫃台底下拿出了兩個又大又圓又新鮮的蘋果來，秤了一下，收了我兩毛錢。我抱了兩個蘋果，千恩萬謝而去。我當時並沒有仔細考慮為什麼好的蘋果可以藏在櫃台底下而不公開地擺出來出售，只顧了品味被售貨員這種意外的好意在心中所喚起的那種暖呼呼的滋味兒。人性也真夠渺小卑下的，一點點小惠，就足以溫暖一顆被冷漠了的心，使他覺得人間還不是沒有光亮的。想到這裡，也就不忍厚責中國的關係學了。那些拚命鑽關係的，豈不是也正因為在關係以外得不到一點人間的溫暖嗎？如果社會的制度可以多製造一點熱氣的話，人們又何必要靠關係來取暖呢？

看到杭州的爛蘋果，使我無法不想到香港堆積如山的中國產品。香港的國貨公司，從人參鹿茸到活雞活鴨和不見一星斑點的又大又圓的雪梨，應有盡有，而且要買多少就有多少；香港人也真有口福了！我有一位住在香港的朋友就憤憤不平地說：「中國人也真他媽的，自己束緊了褲腰帶來供奉這些資本家王八蛋！」說真的，現在為了四化，需要外資，不得不如此。但四化以後呢？

百年後人家不曉得又朝前跑了多遠了。中國人是不是應該永遠跟在人家屁股後頭搞什麼什麼「化」的，永遠得省吃儉用地把自己的好東西去供奉跑在前頭的人？

說到缺貨的情形，在年節時特別顯得緊張。我這次回家鄉過年，在親戚家吃到很豐盛的菜肴，據說是因為兩年前實行了生產責任制以後，農副產品都有所增加，同時又有了自由市場的調劑，因此基本上肉類蔬菜的供應還算過得去。但是比較奢侈的食品，像糖果點心之類，就很短缺。我濟南的表弟來北京時，買了大包的糖果回去，說是替朋友的婚禮置辦的。我自己在北京、天津和濟南找遍了所有的點心舖，竟找不到我小時候頂愛吃的棗泥餡的點心。我記得紅棗原來是北方最普通最便宜的一種產品，想不到如今也成了稀貨。後來才多少明瞭原因之所在，因為公社化以後，所有的棗樹都充了公，農民乾脆砍了來做柴燒，沒人再肯像過去似地在牆裡牆外的空地上栽種大批的棗樹，所以紅棗竟越來越少了。現在所謂的點心，大概不出四五種花樣，都是杏仁餅那一類，看一眼就飽了，提不起下口的興趣。可是這樣的點心還得要排長隊。在濟南時，為了要送親戚，我到點心舖去排過兩回隊。我說排隊，是國外比較理解的一個名詞，在中國實在應該說是亂擠。人們瞅到一個空檔，不管先來後到得趕緊插進去，看到好欺侮的就不客氣地把他推到一邊。要是跟售貨員有點沾親帶故的關係，那就壓根兒不需要去擠，直接打後門拎了走就行！我的樣子雖說並不見得好欺侮，但眼色奇差，自己看不到空檔，卻老叫別人插了空檔去。因此我排了半天隊，仍然在原地踏步，到不了櫃台那裡。後來急了，奮力一擠，也居然掙扎到售貨員面前，也居然沒給人揍扁了鼻子。我急忙說：「來兩盒點心，各樣的都要一點！」「等著！」售貨員沒好氣地說。我只好安心等著。過了一會兒，我見售貨員把包好的點心一包包都遞到我身後去，可見我排到前頭還是沒用。我想那後邊的想必是售貨員的街坊鄰居，忍不住又道：「我買兩盒點心！」售貨員一翻白眼道：「你看不見忙嗎？就做你一個人的生意呀！」又等了半天，售貨員才把一盒只裝了一種點心的盒子遞給我。我以為是遞錯了，趕緊說：「我各種點心都要一點！」售貨員惱了道：「你還真難伺候！大年下價，大家都忙，你看不見嗎？誰像你這麼東挑西檢的？」所有的點心也不過四五種，都在售貨員的手下，我不懂只裝一種比裝幾種不同的又省事多少。可是對這種公營的生意，你氣不得。你生了氣不買，活該！跟售貨員一點關係也沒有。也許她內心恨不得把生意做賠了做垮了她才稱意。也許她恨透了這種工作，正無計脫身。基於這種種心理，售貨員要怎麼對待顧客，就怎麼對待。你生了氣，不買這一家，到另一家去，另一家也是一般樣，也是公營的，簡直沒有任何選擇的餘地。所以我只好提了這盒點心，付了錢和糧票走人！第二盒也不必要了，反正都是一樣的！

公營的事業做到這種地步，也真夠叫人傷心的。過去的瑞蚨祥布店，現在又恢復了原名，可是仍然是公營。我也去買過絲織品，售貨員的態度是比一般店鋪好一些，但像過去那種滿臉堆笑、遞茶點煙的老規矩，卻早就不見了。

自從有了自由市場，顧客可以少受點氣。寧願多花幾個錢，大家都願意上自由市場，所以自由市場一般都很活躍。在自由市場賺錢相當容易，不需要特別客氣，只要不故意給顧客氣受，買東西的人就覺得滿意了。一般人的收入雖說有限，但購買力仍在供應之上，也就是說常有錢也買不到東西。像自行車和電器等，都特別難買。

現在有些小買賣也在做開放私營的嘗試，但是在位的人不敢放手做，深怕走上資本主義的道路。聽說在濟南過去有一家專賣扒雞的老店，因為有祕方，做的扒雞特別香脆。後來改為公營，自然是越做越不成樣子，只因為人民沒有選擇，仍然照買。在一九七九年有些小本生意准許私營時，這位老店主趁機脫離了公營的扒雞店，在對街自己開了一家私營扒雞店出來。不想生意立刻興隆起來，從此大家寧願去排長隊買私營扒雞店的扒雞，而公營的扒雞卻堆在那裡無人問津。這樣一來，公營扒雞店的領導臉上可就掛不住了。這不是明擺著拆公營事業的台嗎？這不是給社會帶來壞影響嗎？過了不久，官方以漏報稅收的罪名查封了私營扒雞店，店主因此惹了一身官司。現在又恢復到公營的扒雞店，只此一家，別無分店的局面。

自由市場一般都很活躍。

七、友誼商店

為了吸收外資，中國的各大城市都有專為外賓和華僑設立的友誼商店。這種商店裡，只能使用外匯券，不收人民幣。其中除了價錢昂貴的真假古董和各地的土產以外，還有些在國內市場上短缺的貨色，像自行車、電器一類的東西。這最後的一類在國外並不短缺，而且質量比國內的好，價錢反比國內的便宜，很明顯地這並不是賣給外賓和華僑將來攜出國外的貨品，而是預備了為外賓和華僑購贈國內親友的。原來的設想自然很好，既吸收了外匯，又服務了外賓與華僑，使其不致產生有錢買不到東西的挫折感。可是實行起來，就不免產生了兩個問題：一個是外賓與華僑除了購贈親友以外，也可以為親友代購。第二個問題則是友誼商店的管理人員私自外賣。第一個問題並不算嚴重，因為外賓華僑為親友代購的數量畢竟有限，而且得用外匯券購買。他們用外匯券所換得的人民幣，因為有不能攜帶外出、不能換回外幣的規定，勢必仍然要花在國內。所以不論是代親友購買或購贈親友，都可算是對外賓與華僑的一種額外照顧（是否應該有這種照顧則是另一個問題）。第二個問題似乎就比較嚴重了。友誼商店的工作人員私自外賣的結果，不但完全違反了照顧外賓與華僑的本意，而且造成了貪汙腐化、擾亂金融的後果。何以言之？友誼商店的管理人員肯冒風險私自外賣，一定是為了有利可圖。以高於訂價的價值私自賣出，從中取利，不能不算是一種貪贓舞弊的行為。又因為友誼商店的貨品必須要用外匯券結賬，貨物外流愈多，就會愈增加和擴大外匯券的黑市市場，自然會擾亂了金融。也許有人懷疑在中國嚴刑峻法的管制下，友誼商店的管理人員是否有此膽量？不要忘了中國仍是一個人制的社會，刑可以峻，法絕不嚴。通常的情形，並沒有成文規定，常常是領導人說了算。有時即使有明文規定，上邊的領導都免不了時常「和尚打傘」，又如何要求下級的工作人員遵守？

我在幾個大城市的友誼商店都買過東西，所以有一個比較。北京因為是政治中心，觀瞻所在，友誼商店管理較嚴，貨物比較充足。目下最有問題的一項貨品是自行車。因為在市場上求遠過於供，幾個名牌車，非有配給購買證不能購買。如果沒有關係，不走後門，幾年都不一定排得到一張購買證，因此友誼商店成了一個購買自行車的捷徑。北京的友誼商店自行車存貨很多，購買沒有問題，其他的友誼商店就有問題。天津雖然是飛鴿牌自行車的產地，天津的友誼商店就經常沒有自行車可買。有時候雖擺出了幾輛，售貨員又以有殘缺為藉口不想賣給你。當時我以為是真有殘缺，也就不買了。直到我在濟南的友誼商店經驗了他們那種明目張膽的作偽手段以後，才懷疑到天津友誼商店的所謂殘缺是否也不過是一種不願出售的故意推諉。

濟南的友誼商店設在國貨大樓的四樓。大概因為外賓華僑不多，平常經常是上鎖的，要買東西得找經理人員開鎖才行。我為了替一位表弟買自行車，特別找到經理人員開了鎖，發現其規模雖遠較北京天津的友誼商店為小，所賣的貨色卻大致一樣。其中擺了三十來輛自行車，有大號飛鴿，也有小號飛鴿。我表弟看上了小號飛鴿。但經理人告訴我們車子剛到，還沒有訂出價錢來，叫我們過兩天再來。我們信以為真，等過了兩天再去時，誰知答覆仍然一樣：還沒有訂出價錢來！我不免開始有點懷疑：為什麼已經擺出來的貨物竟不訂價格？經理人說他們只管出賣，不管訂價，負責決定價格的另有部門。我問他能不能打電話問問價錢，他說就是打電話也沒這麼快，說訂就訂呀！又叫我們後天再去。我們只好又空手而歸。誰知後天竟是星期日，百貨大樓雖然營業，但行政人員不上班，找不到開鎖的人，悵然而返。要是一般過境的外賓華僑，經過幾次支吾推搪以後，恐怕早已過境走了；沒想到我這個華僑還有幾日逗留，而且下定了決心非買自行車不可。所以第二天——星期一，又找上門去。果然答覆仍然是尚未訂價，不能出售。這時我實在覺得事有蹊蹺，就按理辯駁起來：從設置友誼商店的目的，講到一般的常情——擺出來的貨物，就應該出售，否則就不該擺出來。雖然他們自己說不出任何道理來，但就是一口咬定了，沒有訂價不能賣。我實在弄得沒有了辦法，只好使出最後一招，我說既然如此，我也不買了，我可要把這種情形給他反映上去。誰知這一句話竟立時見效，經理要我稍候勿躁，問題一定可以解決。於是兩三個人到走廊裡去密商了一會兒，回來後說我可以買了。我的表弟大喜。兩人就跟了經理人帶著最後勝利的興奮和喜悅，登上了四樓。開門一看，原來將近二十輛的小飛鴿已經只剩了三輛。我馬上就質問起來：「不是說未訂價不能賣嗎？怎麼已經快賣光了？」答覆是推到倉庫訂價去了。「二十來輛都推去訂價？」答覆是不知道！我只是一個顧客，當然沒有辦法到倉庫去查證，只好從剩下的三輛中挑選了兩輛。誰知經理人又說只能買一輛。我說：「這又不是定量配給的，為什麼還要限量？」答覆是：「你都買去，再有華僑來怎麼辦？」我說：「不是倉庫裡還有嗎？」經理人立刻又說：「就是有，可是華僑也挺多呀！而且如人人像你這樣非買到手不肯走的話，那就不好應付了！」

我看多說無益，只有買了一輛回來，心中帶著一個疙瘩。倒並不全是為了買不到自行車而失望，而是感到中國的人事實在複雜。不管多麼好的制度，碰到老和尚打傘的人的手裡，就一點辦法也沒有了！

八、交通運輸

中國目前的交通運輸，除了少量的海空運輸，主要的仍是靠陸運。陸運在火車、汽車、騾車之外，還有一種重要的交通工具：自行車。這是在其他國家少見的現象。自行車不但是城市裡邊的主要交通工具，也擔負了相當長途運輸的功用。譬如山東產的米，就經常以自行車運至天津銷售，然後再購買麵粉運回山東。這是因為天津住了許多吃米的南方人，山東人則習慣上以雜糧麵食為主。引黃河水種稻，還是近年來才展開的一種農作，產量遠超過了當地的消費量，所以可以外銷。普通這種長途運輸所用的是一種加重的自行車，據說最好的牌子是大金柱，一輛自行車可運米七八百斤。這種運輸雖然是有了自由市場後自發的一種私營買賣，但是也有相當的組織，常以德州為轉運站，分段進行。一般都是夜裡趕路，如此在天熱的時候可以躲過炎陽，同時也不太引起官方的注意。這種買賣利潤雖高，可是相當辛苦；嚴格地說是一種走私活動。官方所以睜一隻眼閉一隻眼，主要的是因為可以補官方運輸之不足，達到了地區間互通有無的作用。

在都市裡邊的自行車之多，可以說世界之最。上下班的時間，在北京、天津、上海這樣的大都市，都可以看到自行車潮的壯觀景象，一眼望去，如海如潮，滿街滿巷無邊無際都是自行車。自行車也是構成都市交通混亂的重要原因之一，因為騎自行車的人見空就鑽，又時常橫越車道。除了北京幾條劃清路線的街道之外，在其他街道上使汽車司機不得不提心吊膽。幸虧汽車的速度一般都很慢，不會超過每小時三十公里。為了引起自行車騎士的注意，汽車司機只有不停地按喇叭，形成了一片刺耳的喇叭聲。既然滿街的喇叭聲不斷，早也就失去了警戒的作用，按喇叭是白按，騎自行車的人則充耳不聞。結果按喇叭成了一種反射的習慣，好像按了喇叭責任已盡到，即使撞了路人也可心安理得似的。

令人感覺意外的是講紀律講控制的中國，在生活中所表現的常常反倒是絕無紀律。這一點在交通上特別明顯。汽車、自行車、行人，都不怎麼遵守交通規則。最令人頭痛的莫若乘公共汽車。北京、天津、上海的公共汽車不能算少，班次不能算不密，有時候可以說到了一班接一班那麼緊湊的地步，無奈人口太多，再多的班次仍追不上人口的比率。結果每班都幾乎是人疊人的沙丁魚罐頭，上車下車都非常困難。有時候可以看到車門未關，乘客尚一半掛在車外，車已經開了的驚

最令人頭痛的莫若乘公共汽車。

險鏡頭。但最緊張的時刻則是搶上車。排隊上車這種事是從未見過。汽車一停，眾人都加足了馬力一擁而上，誰的力氣大，誰最會鑽空子，誰就先上去。因為已經習以為常，就是在起站，明明乘客還不多保證人人都上得了車，都會有座位的情形下，也是一擁而上。如果你行動遲緩，就會變成人潮中的障礙，非得給衝個跟頭不可，所以逼使得人人都得以同樣的速度同樣的拚命的勁兒往前衝去。這種情形，大概高級幹部，特別是有資格乘坐紅旗車的，不會經驗得到。幸而如此，不然又得下一道命令教訓人民排隊上車了。人民聽的教訓已經多不勝數，再多添一道也無濟於事！

在這種緊張激奮的乘車情緒下，人與人間的衝突也就在所難免了。我在幾個大城市有多次乘公共汽車的經驗，發現衝突最多的是在天津。我當然不便驟下天津人愛吵愛打的結論，但幾次聽到人吵架都是在天津的公共汽車裡，幾次看到人打架也都是在天津的大街上。第一次是因為一個帶孩子的母親，母性大發，破口大罵一個擠了她孩子的女人。兩人唇槍舌劍，罵得好不熱鬧，五講四美也顧不得了，幸虧車上人擠，沒有輪拳的餘地，否則聽那種火爆的局面一齣鐵公雞是免不了的。另一次是兩個男人不知因為誰踩了誰的腳而發生爭吵，一個借著下車之便把對方狠狠地踹了一腳才下去。我在天津所見最熱鬧的一次架，是好多人木棒齊飛的群架。因為打架的人橫截了馬路，來往的車輛都得迂迴慢行，我坐的那輛公共汽車開了半天才得過去。那些輪了木棒的人似乎武藝並不高明，只是雙方亂舞一陣，沒有幾記是打中敵手的。看熱鬧的人挺多，拉架的沒見。

公共汽車的擁擠如比起火車來，那又是小巫見大巫了。據說是逢年過節，坐一次火車就得丟半條命。其實就在平時，那個狀況也已經夠瞧的。我在天津的時候，為了給從外地來看我的舅舅送行，去了一趟車站。一到車站，我還以為發生了什麼事故，只見烏鴉鴉地上坐的躺的蹲的都是候車的人群，而且包袱、行李、筐筐簍簍到處都是。行李之大，幾乎與人等高，也並不寄運，都是自行攜帶。這狀況就跟我幼年記憶中戰亂時期的難民潮一模一樣，真給人一種又在逃難的錯覺。我問我的親戚是不是因為唐山地震人們嚇破了膽，仍然不斷逃出天津去。我的親戚說：「哪裡！天天都是如此！」

我自己坐火車因為是外來的人，擠不著我。不但車票可以在外賓華僑的旅館裡預訂，而且坐的常常是只有半滿的軟席。現在中國的火車雖沒有等級之分，卻有軟硬之別，這就跟把官老爺改稱幹部一樣，名稱雖異，內容還是一樣。普通人坐的都是木頭硬座，只有高級幹部和特受優待的外賓華僑才可以乘坐軟席。軟席的車票比硬座的加倍，華僑比照幹部，外賓則又加倍。普通百姓就是肯出加倍的錢，也不准坐。不過據我的觀察，對軟席的管制，北方較嚴，南方較鬆。天津北京之間軟席車箱多半坐的是外賓華僑，幹部不多，時常有很多座位空在那裡。南京上海之間乘坐軟席的本地幹部就多了起來，所以時常座無虛席。我還坐過一次就只有我和小姨兩人的軟席車，那是趕上除夕，沒人再出門。因為車上只有我們兩人，幾個服務員務也不服了，都架起腿來大聊其天。我們也沒去麻煩他們沖茶倒水，反正只有一個多小時的車程，不一會就到了。

但使我記憶最深刻的則是我僅有的兩三次坐硬席經驗中的一次。我因為想嚐一嚐硬席的滋味，從天津到濟南過春節的那次，就煩我小姨預購了硬席車票。因為小姨和她的愛人都在鐵道部工作，訂票不算特別困難。按照小姨的勸告，不能在春節前幾天旅行，一定要提早啟程，以免擁擠。結果提前了一星期，訂的是對號入座的特快車，又有在鐵道部工作的小姨同行，可說萬無一失。誰知事與願違，就是在鐵道部工作的小姨也不明交通線上的實際情況。

首先，我們到車站的一段路程已經是萬般緊張。為了同行的方便，啟程的前一天我從天津第一飯店搬到小姨家中。前一天本來已預訂了去車站的出租汽車，可是據小姨說，像她這種幹部的等級，出租車不一定肯來。結果第二天到了預訂的時間，出租車果然未至。幸而有先見之明，預留了時間。見汽車未至，我們立刻改乘公共汽車。因為是起站，雖然拎了兩個大箱子，倒也沒有什麼困難。問題在中途換車，麻煩可就大啦！好不容易下得車來，要想提了兩隻箱子擠上人疊人壓的另一部公共汽車，那是萬萬不能！等了兩部車，都無法擠上，只好由送行的表弟單身硬擠上一部公共汽車到火車站去叫一部出租汽車來接我們，因為出租汽車只有火車站才有。在等出租汽車的時候，每逢有過路的足踏板車經過，小姨都嘗試截下來載我們去車站，結果都不成功。偏偏在這時來了一部半空的公共汽車，我們都同意不能再等去叫出租汽車的表弟，不管如何先到了車站再說。坐在公共汽車上雖一路留意，仍不免錯過了表弟叫到的出租車，因此到了車站又得等他回來。過了一會兒，表弟又坐了出租汽車趕回車站，不免大事埋怨，不但白花了出租車的錢，只為撲了空還吃了司機一頓排頭。

這時火車站上早已人山人海。剪票口處自然是照例擠作一團，剪票的人也給擠得站不住腳根，所以後來票也不能剪了。幸虧我的表弟身高力大，左推右搡，帶乍唬瞪眼，總算把小姨跟我維護入閘，這是第一關，還有頂重要的登車那一關在後頭呢！大家本來在鐵路警察的指揮下，在月台上略作排隊狀，誰知火車一停，秩序立刻大亂，跑的跑，叫的叫，大包袱小行李，拖兒帶女扶老攜幼蜂擁而前，就是托塔李天王下世也維持不了這個秩序。我們看準了我們的車箱號碼，也衝鋒陷陣而上。不想上這一節車的人特別多，大家都擠住了。我小姨有腿骨脫臼的毛病，走路本來就一瘸一拐的，我深怕她給擠壞了，跟我表弟、小姨夫開始時都維護著她。但到了後來，幾個衝鋒下來，早給擠作數處，大家誰也顧不上誰了。人們似乎早已把生死置之度外，只顧失去理性地往上擠。我的腳早已離開了地面，既不能進，也無法退。手裡提的皮箱被人群擠住，拉也拉不動，再這麼擠一會兒，我手裡怕只剩下一個提手了。趁一鬆的時機，趕緊把箱子擁入懷中，就這麼乘雲駕霧地上得車來。定睛一看，小姨居然也上來了。我敢說我們都不是自己上來的，而是硬給後面的人潮擁上來的。幸虧送行的表弟和小姨夫早見機後退，不然一旦給擠上車來，怕就難下得去了。小姨帶的兩盒點心也給擠扁了。早知如此，還帶什麼點心！

車雖然上來了，可是我們仍然給堵在車箱外的走道裡。這時服務員擠過來關車門，順便吆喝給大家：「今天的對號車不對號了！」我們一聽傻了眼。對號車是另加對號費的，怎麼就這麼輕易地不對號了？我立刻提出了抗議。可是別人都不作聲，好像是事不關己。不過嘴裡雖然不作聲，身子卻都加勁兒朝車箱裡擠。小姨說：「不管他！先進去找到自己的座位，咱們有票，他們就得站起來！」不幸我這時只覺渾身酸軟，早已提不起往裡擠的勇氣。不知玩了什麼魔術，小姨居然擠進去又擠了回來，苦喪著臉說：「糟糕透了！這節車箱又在北京賣了滿座，早先在天津訂的票算是白訂了！咱們沒座兒啦！」

竟有這種事兒！我說：「這不但是欺侮乘客，簡直是有意製造事件了！」這時有位服務員又大聲叫道：「叫你們這些人上來，已經不錯了，還有什麼可抱怨的！」我心中可真有點氣，不免駁道：「怎麼！你們鐵路局賣了重號，反倒是我們錯了？」服務員朝我把眼一瞪：「沒座位誰也管不了！怕擠別坐車！」我說：「你講理不講？在天津已經賣了的座位，怎麼能又在北京重賣？」不想這可惹翻了服務員，手往腰裡一插，怒喝道：「硬座就是這樣！有本事去坐軟席！」我說：「我悔不該買了硬座，早知如此，本該坐軟席！」服務員把嘴一撇，不屑地打鼻子裡冷哼了一聲：「坐軟席？你也配！」我這時一瞧自己渾身的打扮，身上穿的是我表弟的粗布棉大衣，頭上戴一頂表弟的假皮帽子，完全是一個老百姓，難怪要叫服務員給看扁了。本想再回嘴，倒被其他乘客打抱不平的聲音給壓了下去。有的說：「服務員不該這麼蔑視乘客！」有的說：「我們老百姓坐不上軟席又該怎麼樣呀！」大家亂閧了一陣，服務員看引起了眾怒才不得不閉了嘴。

這件火車賣重號的事本想訴他一狀，但在鐵道部工作的小姨說：「這種事兒是司空見慣的，訴也是白訴！」因而不了了之。仔細想想，乘客的這種容忍與馬虎態度，豈不也是培養官僚主義的溫床？

在車上受了委屈的乘客，都會萌生一種同是天涯淪落人的心態，很容易產生同病相憐的關懷。先接識了一個攜帶小孩還鄉的老師。他的孩子還不足十歲。我說我很佩服他的勇氣。他說沒辦法，因為跟愛人在兩地工作，過年的時候還不該見見面嗎？後來又接識了一對新婚的夫妻，都是二十多歲的年輕人。下車時幸虧他們幫忙，替我們提了一件行李，不然麻煩又不小。因為車在濟南站一停，沒等乘客下車，候車的人已擠成一團。這跟在天津站不同，在天津站這次南下的京滬快車，倒的確是只有上沒有下的。到了濟南，則有下有上，這麼兩下一對擠，結果是上邊的下不去，下邊的上不來。任服務員喊破了喉嚨，也沒人理會。也難怪服務員的態度惡劣，因為乘客的行為也實在並不可敬！聽說過去遇到這種情形，只好起用鐵路警察用棍子打。這一點倒是改革掉了，沒有路警再敢用棍子打人，所以乘客更加有恃無恐，就是一個勁兒地失去了理性似地楞擠，不要命地擠！本該幾分鐘就可以上下完畢的事，經這麼一對擠，十幾分鐘才陰錯陽差地對流了下來。雖然十冬臘月，我也給擠出了一身冷汗。

這種陣仗恐怕真是過年時的特例。以後又坐過兩次硬座，都是短程，雖說也擠，但沒有擠到這種程度。在南方的車站，進站時有鐵欄杆欄成的隊形，但仍有人從鐵欄杆上跳過去插隊，排隊的人也並不說什麼。似乎中國人沒有保障自己權利的習慣，多半又有點欺軟怕硬的態度。敢來插隊的都不好惹，還是免開尊口！可見阿Q精神依然相當盛行。

交通工具之不足是一個大問題。就是受到優待的外賓也常有行不得的苦惱，因為出租車奇少。在北京有一個專為外賓服務的電話號碼，可也並不是隨叫隨到，有急事只能乾瞪眼。在路上，如找不到電話，根本就無法叫到出租車，因為路過的出租車沒有半途停車載客的習慣。所以有些外賓只好多花錢包一部出租車下來，參觀訪友包車外候，免得臨時抓瞎！

過去聽說黑色的紅旗牌汽車，都是部長級以上的座車，若遇到這種汽車，警察一律開綠燈，可以暢行無阻。部長以下的幹部坐的都是上海造或進口的雜牌車，就沒有這麼神氣。對這種話，我過去認為是神話，現在則不得不信了。因為我在南京的時候，南大派了一部汽車帶我遊覽，雖然不是紅旗，但是黑色的，車身很長，猛一看有點像紅旗，車前的防風玻璃上又用紅紙標出了「貴賓」兩個大字，結果在市區中一路暢行無阻，沒遇到一次紅燈，節省了不少時間！

僅以交通問題而論，就可以瞭解為什麼老幹部把持權位不肯退休，因為一旦失去交通上的特權，就有行不得的苦惱了！

九、我的第二個困惑

在吃飯館購物、乘車等實際經驗中，使我感覺到中共官僚化的擴大與加深。因為過去的官僚只限於在政府機關中做事的人；現在呢，既然所有的生產機構與貿易機構都成為公營事業，也都算做政府的部門，其中的工作人員也都成為公職人員，大小都掌握了一些攸關民生的職權，其態度與作風自然發生了向政府官員的官僚作風取齊的傾向。什麼是官僚作風呢？具體地說，就是官腔十足，不負責任，利用職權，貪汙腐化。一般政府的高級官僚既然可以利用職權獲得額外的利益，下級官僚為什麼不可以呢？因此只要掌握到某種權力的，就可以與掌握其他權力的人做等價交換。正如北京人民藝術劇院上演的「誰是強者」一劇中所描寫的一樣，某工廠急等開工，但在未獲得交換條件以前，供給原料的部門不肯供給原料，負責電力的部門不肯輸電。就如濟南的友誼商店以尚未定價來推搪顧客一樣，這些部門很容易找到不能供應原料和不能輸電的藉口。所以要想獲得其他單位的支援，非得要提出交換的條件不可。這種交換的條件，則多半關涉到單位主管的私人利益，這已成為人所共知的一種社會現象，名之曰「關係學」。這種「關係學」之普遍，到了買一斤豬肉如沒有關係就買不到豬肉的地步。簡直可以說，不講關係，即無以生存！

官僚制度的另一種表現方式，即是等級之別。因為政府的組織是由地方向中央集權的，官僚的等級也是從地方向中央一線上升。與西方社會比較，西方也有等級，但做為等級的標幟卻非常多樣化：有家族血統的因素、有事業成就的因素、有政治權位的因素、有宗教的因素、有財富的因素等等。因標幟的多樣化，等級便不十分明顯，譬如說一個窮貴族與一個暴發戶到底誰高於誰，很難說；一個政府首長與一個大畫家到底誰高於誰，也很難說；一個銀行經理與一個傳教士到底誰高於誰，無從比較。再說因為法律的獨立，原則上人人在法律面前均一律平等，因此雖有階級的存在，但主觀上並不十分感覺到階級的存在。一個公民，儘可以不去理會階級，並不會發生任何不便。在中國則不同。因為等級的標幟是單一的：就是權位，誰的權位越高，等級也就越高。再加上法律統一於政治之下而非獨立，所以公民沒有任何依持的保障，心中會時時意識到這種等級的差別，而終日生活在一種階級嚴明的社會組織中。當然在表面上沒有一個當權的人公開聲明過官僚所享有的特權，但種種特權卻處處落實在實際生活中。我聽說過這樣的一個故事，某省軍頭的女兒開車撞傷了人，公安機關依法拘禁之。該軍頭親自保釋了女兒，並當面稱讚了負責拘禁的公安首長的守法精神，並不因為是他的女兒而有所例外。但不久之後，此公安首長即以他事受到撤職查辦的處分。這個故事的可靠性並不重要，重要的是民間傳說這樣的故事，目的就是彼此提醒等級差別和權位的重要性。一個通情達理的中國人的處世之道，就是可以不管法律，但絕不去冒犯上級的特權。這樣階級嚴明的社會組織，又豈是當日革命的初衷與理想所在呢？

官僚化的另一種現象，自然是貪汙腐化。中國的領導人曾經聲洪氣粗地說：「我們只能學習資本主義國家的科學技術，不能學習資本主義國家的貪汙腐化！」言外之意好像貪汙腐化的行為只是外來的，而非土生的。這又焉是肯於面對現實的科學態度？貪汙腐化何須向人學習呢？本身還少嗎？實在說貪汙腐化的行為，正像其他行為一樣，即使居心向人學習，也並不是件容易的事。兩種文化不同的背景，足以使貪汙腐化的界說和範圍大為不同。如果說貪汙的定義是貪取不應得的錢財，那麼在中國貪汙的行為要多得多，貪汙的可能性要大得多。這並不完全是因為中國人的生活貧苦，更具有貪愛非分之財的潛力，而是因為在中國個人應得的範圍太過狹隘。譬如說在資本主義社會中，多勞多得、按工計酬、按件計酬等等，都是天經地義的事，就是商業界掮客的回扣，也是公開而應得的提成。但是到了中國，標準訂得特高，要求人民無限地向國家社會奉獻，加班的不一定該拿加班費，多勞的不一定多得；至於拿回扣，恐怕只能在暗地裡進行。在這種高標準下，不但非分之得算做貪汙，凡奉獻不足的都可劃入貪汙的範圍。一般人要想完全擺脫貪汙的行為還真不容易。難怪一個政治運動來了，以貪汙的罪名來打擊政敵，真是易如反掌。相反的，掌權的人，雖然薪水一樣低微，生活上的享受卻可以超過資本主義國家中的富豪，倒又不算貪汙了。對腐化的界說也是一樣，在資本主義社會中舉凡喝酒、跳舞，以至成年人自行負責的性行為，都算不了腐化。但到了中國，年輕人穿一件特別的衣服，已足以顯示了腐化的徵象，所以要想擺脫腐化也極不容易。可怪的是高級領導的內部電影、養面首、玩護士等，卻又不算腐化了。這就如同納了幾個姨太太的老祖父嚴禁兒孫亂搞男女關係一樣地莫名其妙。然而從經濟生產的立場來看，最嚴重的腐化現象莫過於「寄生」，就是社會中從事生產的一群人供養著另一群不從事生產的寄生蟲。這群寄生蟲在過去的所謂中國的「封建社會」中稱做「士大夫階級」和「土豪劣紳」，今日呢，名稱雖然改變了，但仍是騎在專家和勞動者頭上做威做福的一群官僚。他們只要思想正確，儘管不學無術，不懂勞動生產，照樣可以指揮別人。還有什麼比故意培養如此龐大的一個官僚階級對社會更具有腐化的能力？

令我困惑的是，既然領導人也在大力反官僚、特權、貪汙、腐化，為什麼在制度上又容忍製造和擴大官僚組織？一切都納入政府的控制，也就等於把原非政府的機關轉化為政府的機關，把原非官僚的人員轉化為官僚的人員。這樣的制度豈不是從根本上在擴大和加深官僚化的基礎？與反官僚、反特權、反貪汙腐化的主觀願望可說是南轅北轍。這種極明顯的矛盾存在，代表了一種什麼樣的心理呢？

對於一般公共機關和商業人員的服務態度，不從制度上予以引領，卻主觀地認為樹立幾個典型就足以起到改心革面的功效，這種態度豈不又恰與唯物主義的理論相悖謬？唯物的觀點基本上重視的是存在的真實，承認下層建構的基本作用。現在制度上所建立的下層建構無不是在阻礙工作人員的積極性和善意的服務態度，而主觀上卻企求達到積極性和善意的目的，豈不是緣木求魚？這種理論上的唯物，實行上的唯心，理論上的客觀，實行上的主觀，正如適越而北行，也是件令人大惑不解的事。

十、看戲

我在北京看過不少戲，在其他地方也看過。總括說，京戲不如話劇，話劇不如地方戲。

最先看的一次京戲是北京京劇院三團演出的霸王別姬，由蕭英翔演霸王，梅蘭芳的兒子梅葆玖飾虞姬。兩人的唱腔都還過得去，但說出色，那就未必。兩人中沒有一個能吸引住觀眾的眼光。

我沒看過過去四大名旦的戲，但據說名角一出場就與眾不同。這個我非常相信，因為我剛在倫敦看過了紐雷耶夫（Rudolf Nureyev）的舞蹈。紐雷耶夫一出場，往台上一站，還沒跳就把觀眾給鎮住了。你看那個掌聲，有的在鼓掌時都激動得迸出眼淚來。我自己也完全忘了台上其他的舞者，眼光只跟隨紐雷耶夫轉。這時候場裡不管發生什麼事，都不會注意得到。聽說過去的武生楊小樓也有這種吸引力，這大概就是名角之與眾不同的地方。現在的中國，沒有名角了。現在黨對劇團、演員都控制得很緊，不准突出個人。在只有集體沒有個人的制度下自然產生不了大藝術家，因為在技藝上一旦達到某一個程度，就給壓住了，不能再往上去。京戲是演員的藝術，沒有拔尖兒的演員，演不出好戲來。

以後我又看過兩次京戲。一次是大雜燴，其中有「挑滑車」、「百花亭」等，大概都只到以前在小縣城中演野台戲的水準。另外一次則也是由北京京劇三團演出的「宋宮奇冤」，也就是從前的「狸貓換太子」。因為是群戲，改編和演員的水準都不錯，是我看過的三次戲中最好的一次。但是主要好在狸貓換太子的情節富於戲劇性，容易激動人的情緒，只要演員稱職，就可過得去。其中前演冠珠，後扮李后的孫毓敏唱腔很好，不論唱花旦還是唱老旦都達到一定的火候。但是仍叫人覺得缺少點什麼，無法使人十分滿意；換一種易懂的說法，也就是匠氣重而藝氣少也。

在京戲沒落的情形下，話劇倒是相當叫座的。北京的「人民藝術劇院」和「青年藝術劇院」，每上一次新戲，連演幾個月是不成問題的。因為話劇與京戲的問題不一樣，話劇固然也要求夠水準的演員，但畢竟是劇作家的藝術。有好的劇本，加上好的導演和演員，自可相得益彰，但如沒有好劇本，演員的本事再大，也無濟於事！所以對話劇而言，編劇是首要的。據說老舍的「茶館」演出效果很好，但可惜我沒有看到。沒看到，也並不覺得多麼可惜。我早就讀過了「茶館」的劇本，印象不佳，因為除了對話流利、人物生動外，整齣戲看來沒有什麼意思，與老舍過去的小說

「駱駝祥子」不能同日而語。在「駱駝祥子」中老舍本有一種追求生活真象的誠懇態度，到了後來的劇作，不管是「茶館」也好、「龍鬚溝」也好，老舍好像已經不再是老舍，而只一味地想法子扭曲生活的真實以符合社會主義所認可的一種人為的程式了。好像作家不是在嘗試接觸認識生活之真象，而只是檢取生活中的零碎片段來填充與生活無關的臆造的公式。這自然不是老舍一個人的問題，而只是說連過去在寫實小說上已有相當成績與表現的作家也無能例外而已。老舍的「茶館」，單就劇本而言，片段的很逼真，整體觀之就很假。其所以能夠受歡迎，那大概是由於觀眾的寬容，寧取其片段之真，而忽略其整體之假。李健吾稱「茶館」為圖卷戲（見李健吾「讀茶館」，在〈戲劇新天〉中，上海文藝出版社，一九八〇），正是這個意思。我所看過的其他話劇，都有一樣的問題存在。

像在「人藝」上演的「誰是強者」，人物與對話寫得都不錯，揭露的什麼「走後門」、「關係學」等社會不良現象也很尖銳，但問題是編劇的思想水平上不去，因此就難以進入問題的核心，不免把觀眾都看成未成年的兒童，說教一番就以為已盡到移風易俗的責任了。最矛盾的是編劇者自己認為難以解決的複雜社會現象，最後竟因高級政委一發怒，該罰的罰，該懲的懲，問題一下子就解決了。看戲的觀眾心理上都不會有任何負擔，可以高高興興地回家，該講關係的仍然照講關係，該走後門的仍然照走後門，反正終會有一個「包青天」來替我們解決問題，我們小民嘛！

既沒有這個責任，也沒有這個能力！這就是這個戲所能顯示的教育意義！

另外看過的一個話劇，編、導、演全是女性，也可以說是一部用女性的眼光看問題的戲。劇名是「明月初照人」。劇中引起爭論的問題關鍵，乃在提問母親過去的情人是否應該與女兒結婚。這齣戲在懸宕中結束，也就是說編劇沒有把最後的結尾顯示出來，因此我們不知道女兒的情人明瞭了他現在所愛的正是他過去情人的女兒後，是否有勇氣向世俗的觀念挑戰。但劇作者以女性的眼光，毋寧是同情這一對情人的遭遇的。也正因此之故，遂引起了兩種不同意見的爭論：一種認為女兒在不明真象的情形下愛上了母親過去的情人，並沒有什麼不道德之處；另一種意見則幾乎把這種事看作是亂倫的行為，認為不但關係人本身極不道德，連談論這種問題的劇本也是不道德的。兩方面的爭論很熱烈。我感覺似乎後一種意見佔了上風，因為這一種意見很容易與維護善良風俗或端正黨風什麼的扯上關係。正如阿Q不明白何以城裡人管長凳叫條凳一樣，凡是自己沒見過沒聽過的都一概排斥之。

在四人幫時代所強調盛行習以為常的「三突出」，仍然是現代話劇中的一個重要面貌。每一齣戲都必需有一個正面人物做主角，而且這個正面人物必須是黨員，最好是政委，也就是說在名義上越接近最高領導階層，就越可以助長最高領導的威勢。因此話劇最大的功用與使命，好像只是旨在教導小民去服從和崇敬最高的領導，正如過去教忠教孝的戲劇出於一樣的用心。至於這個太過急切的目的能不能達到，自然是另一回事。不管如何，寫劇本的人對這種考慮和關懷是太過明顯了，以致在每一齣戲中——包括我看過的「誰是強者」、「明月初照人」、「土地的兒子」，以及我所看過的電影——都有這麼一個像儒家所塑造的聖賢那一類的守正不阿、永不腐化的道德的化身。這樣的人物正像京劇中的正派老生，已經成為一個固定的典型，一出場一露面就與眾不同。長得必須是方頭大耳，一臉福相。穿的衣服要四平八穩，像報紙上登出來的高級幹部。走路要邁方步，要穩重有力，還不失熱情。說話的聲音要沉厚響亮，而且具有權威性。當然這樣的人物永不犯錯誤，永遠正確；偶有小毛病，也必定無傷大雅。在這種情形下，只有他（或她）說的，沒有別人說的，而最後的勝利也必定是屬於他（或她）的。就以上的描述看來，這樣的一個高級領導（或者具有高級領導面貌的低級領導），是相當男性的，所以偶然這個人物以女性的姿態出現（像在「明月初照人」中），這個女性就必定成為一個非常男性化的女性了。

為什麼會造成這種現象？那也是可以理解的。全國的劇團都是由黨組織領導的，行政與管理人員也都是直接為黨領導做事的，在心理上好像成了黨領導的私人戲班子，編出來的戲不討領導的歡心怎麼成呢？因此搞戲劇行政的人，無不盡力把戲劇推向這一個方向。劇作家如果不按照這個公式來寫，不但保管通不過，永遠得不到上演的機會，恐怕還要惹上一身臊。「假若我是真的」

全以女性演出的「明月初照人」圖中爲該劇編劇、導演和全 體演員合照。

就因為主角寫的不算正面人物，所以出了問題。不要說年輕一輩的劇作家為了有出頭的機會，不得不去揣摩領導的心理，追隨既定的公式，就是早已成名的老劇作家，也無不以遵命寫作為榮。所不同的是以前遵毛主席和四人幫的命，現在都說遵周總理的命，好像不提一提受過周總理的賞識便無以自處似的。

中共對話劇不能說不注意，在北京和上海都設有戲劇學院，專門培植編導演的人材。我在北京的戲劇學院看過一次導演系學生畢業時所發表的小品。學生根據一幅名畫加以發揮，或是根據一個指定的主題編寫。雖然重點在導演，但編與演也由這批學導演的學生自行負擔，其中還有屬於少數民族的蒙族學生。其成績非常可觀，不但可以說大多數學生都具有相當強的編導能力和極豐富的想像力，就是在表演上也具有相當純熟的表達能力。這一個晚上的小品發表，比職業性的演出還要精采。為什麼像這麼有才華的學生，畢業後一加入職業性的劇團反倒黯然失色了呢？這不明顯地說明了社會上存在著一股力量，在壓制阻礙戲劇藝術的發展和精進麼？特別是編劇方面，束縛更大，阻礙更多。對話劇而言，如沒有傑出的劇本，再好的導演和演員都無濟於事！

在這種情形下，唯有解放出來的地方戲還真表現了一點蓬勃的生命力，具有傳統中那種抵強扶弱的正義感，或歌頌愛情的潑野勁兒。在這樣的戲中，演員也比較有發揮的餘地，容易引起觀眾的共鳴，所以演員演起來也比較賣力。譬如評劇的「花為媒」（據〔聊齋〕故事改編）、「鋸碗丁」（據清末一個真實的命案改編），都很叫座。像「花為媒」中的打情罵俏，在革命氣息過於濃厚的時代，絕不能演。但是人民就愛看這種戲，因為這個戲俏皮、輕鬆、可笑；雖偶有教訓，也不像政委式地板著臉罵人。「鋸碗丁」把窮人寫的非常不堪，其中的反派角色是又窮又壞。這齣戲早些時肯定不可能上演。現在既然開始鼓勵人民發家致富，罵罵窮人也就無所謂了。

另外我在電視上看到的豫劇、淮劇，都很生動。就是陝劇的「穆桂英掛帥」，都比京戲中的穆桂英好看，因為演得比較野，比較土，比京戲多了一分人味兒。聽說四川的川劇、山東的呂劇和東北的二人轉，都很好看，可惜我都沒有看到。中國的地方劇種之多，生命力之旺盛，是以前我所不曾想到的。

崑曲本來是一種太雅的劇種，但我在杭州看了一場浙江崑劇團演出的「楊貴妃」，改編的非常好。演員唱作都不錯，而且加強了聲光和節奏的功用，使戲劇效果非常突出。這自然是出於編導的功力和貢獻。但是叫人不舒服的是，看了這麼好的一齣戲，劇終的時候觀眾扭頭就走，沒有一個人站下來為演員鼓幾聲掌，反倒是謝幕的演員站在台上鞠了個大躬之後用熱烈的掌聲把觀眾送出戲院去。北京的觀眾已經不多麼瞧得起演藝人員，散場時鼓掌的人不多，但絕不會像杭州的觀眾這樣無禮。這是我平生所見最粗野無禮的一群觀眾了。

觀眾對待演藝人員的態度與對待政治領導的態度何其如此不同？對一個政治領導的出面或講話，不管所講的內容如何不堪，聽眾無不大鼓其掌。對地位越高的，掌聲越熱烈。這實在是中國人的心理表現於外的一個重要的標記。崇敬讓自己吃苦的人，輕視給自己快樂的人，一種群性的被虐病吧！

十一、看電影

電影跟話劇一樣遭受著同樣嚴密的管理。在一切都是公營的制度下，投資龐大的電影事業，更沒有私營的可能了。過去我看到港台一些唯利是圖的私人公司所拍出來的粗製濫造的電影，心中曾想也許由政府來監督情況可能會好一些。現在才知道不然，情況不但不會更好，而是更糟。商人之唯利是圖，主要的是不懂藝術，也不愛藝術。政府的官員可能不是唯利是圖，可是唯權是圖，其不懂與不愛藝術則與商人一般無二。商人不懂藝術，自己承認不懂；政府官員雖然一樣無知，卻偏偏要裝懂，常常無緣無故地召集什麼戲劇家呀，電影工作者呀，莫名其妙地瞎指揮一番。做為電影工作者而言，面對商人還可以吹鬍子瞪眼自我臭美，搞不成至多不過拂袖而去之；面對黨政的要員可就不那麼輕鬆了，不但不敢再吹鬍瞪眼，還要不停地鞠躬作揖口口聲聲地要做人家

電影局長、名導演張駿祥(袁俊)。

的小學生，搞不好真怕給打成反革命呢！白樺不就因為編了一個電影劇本，幾幾乎惹火上身嗎？

在這種情形下，電影比話劇好不到哪裡去，都有製定的一套公式，非套不可，不套就別想有拍成電影面對觀眾的一天。

我現在先拿一部電影作例子。這部電影是一位電影局長向我推薦的八一年度出品的最佳片。我在看的時候倒是流了些眼淚，但流過眼淚之後又不免生自己的氣，覺得自己實在溫情得可悲。這就是謝晉導演的「牧馬人」。故事是說從前上海的一個資本家，在一九四九年拋棄了妻兒到美國去求發展。在國內的兒子漸漸長大了，因為老子的關係給劃成黑五類大右派，文化大革命的時期受了很大的折磨，差一點自殺。後來給發配到新疆去牧馬，可說是窮苦潦倒，再加上被人歧視。在一個巧合的機會下，遇到了一個因災荒飄流到邊疆的四川姑娘。這姑娘原預備賣身投靠的人家嫌她太瘦太小（在電影裡自然是很標緻的女主角，這家拒絕她的人家只能說神經不正常才看走了眼），因此才有機會跟這個倒霉的牧馬人捏合在一起。不想四人幫倒了台，右派翻了身。資本家的父親，這時已經成了美國的百萬富翁，手下經營了很多大工廠。現在被做為上賓迎回國來，住在北京最豪華的飯店裡。這位富翁回國的主要目的就是尋找他失去音訊的兒子，找到以後，決定帶兒子到美國去做他的接班人。誰想兒子竟一口拒絕，寧願留在國內受整受罪，寧願在邊疆地區做一個沒沒無聞的牧馬人。主要的原因是「祖國」！離不開「可愛的祖國」！我自己就是被這一聲聲的祖國把眼淚給逼出來的。像我這種在國外漂流多年的人，對「祖國」兩字特別敏感，因為這兩個字扣緊了心懷中最痛楚的地方。眼淚流了以後，才覺得自己脆弱的可笑和被欺的可恨！這樣的一部電影哪裡有一絲一毫的真實性與說服力呢？在舉國上下的青年人（包括高級幹部的子弟和參加這部電影製作的人員在內）出國熱的情況下，有的人甚至甘冒生命的危險游泳到香港去，美國百萬富翁的兒子竟拒絕到美國去做老爸的接班人，這有幾分可信性呢？在口口聲聲講「現實主義」講「典型人物」的中國，這算是什麼「現實主義」與「典型人物」呢？劇作者的用心是不錯的，無非是勸年輕人不要一個勁兒地夢想往國外跑，把自己的祖國置之不顧。但問題是有誰天生地不愛自己的祖國？現在舉國上下的出國熱，是誰弄出來的結果？現在該做自我檢討的不檢討，反怪青年人不愛國，能算抓住問題的核心嗎？能收到預期的宣傳效果嗎？能配稱「現實主義」嗎？

其中還有許多荒唐的細節，使這部硬充寫實的電影變成可笑的喜劇。譬如劉瓊飾演的華僑，完全不像個華僑。也許這三十多年對外的隔絕，使編劇、導演和演員完全不瞭解國外的情況。美國的百萬富翁在北京的豪華大飯店叫咖啡的時候（並非夏季），竟加了一句：「要熱的！」我自己經驗到，在國內吃飯，菜也好、湯也好，真會來涼的。但美國剛回國的華僑，又是百萬翁富，又住在豪華的大飯店裡，不一定有這種心理準備，是編導者把自己的經驗加到華僑身上去。但最突出的例子莫過於華僑老爸看見兒子給媳婦寫了封信，馬上命令兒子說：「拿來給我看看！」這

我在北京的時候，參觀了北影，北影老導演凌子風正在拍攝老舍的「駱駝祥子」

種事不但華僑做不出來，就是略知分寸的國內的父母也做不出來的吧！

另外看的幾部電影，有些走回三四十年代的軟性電影的老路，像「知音」、「小街」等，有些走「李雙雙」式的農村喜劇的路線，像「冤家路寬」等。後一種還有些可取處，雖然也是屬於企圖寫實而結果全在做戲的那一類，但至少多多少少反映了一星半點農村的問題。

我在北京的時候，參觀了北影，也跟北京的電影研究所的師生開過座談會。承他們的情，給我安排看了幾部最新的作品。其中有一部是根據茅盾的小說「子夜」改編的電影。「子夜」這部小說本來就是茅盾相當失敗的一部作品，其中完全沒有「春蠶」所表現的那種寫實的力量。原因自然是茅盾對當時上海資本家的生活狀況並不瞭解，對社會、經濟、金融問題更是一知半解，因此使得這部小說既缺乏真實的生活氣息，又沒有對一個大都市的金融界透視的見地，其中的人物都像些人偶似地在作者的牽動下做些個莫名其妙的事。我至今不瞭解何以近代的評論家把這本書看得如此重要！拍成電影之後，除了具有原作的缺點以外，還有一點是非常叫人奇怪的。其中演主要腳色吳蓀甫的，其言談舉止橫看豎看都不像一個資本家，而完全像一個慣於說教的政委。這一點我提出來請問了在座的電影界人士，原來那個演吳蓀甫的演員，一向是演政委的，早就定了型，所以不管演什麼都是一種政委的派頭。

在我所看的電影中，給我印象最深的，是一部小作品，叫做「鄉情」。其中有些鄉野的景色拍得還不錯，演員也比較自然，導演在音畫的交互運用上也企圖做點新嘗試。但可惜也只有前半部比較受看，到了後半部又走入了公式，一定要指出這樣做是對的、那樣做是錯的，才算有了交代。可惜所指出來的對與錯，又未經深入思考，很難叫人信服，只覺得膚淺與滑稽。看中國電影，就使人不能不覺得中國似乎仍在上一個世紀思想受腐儒控制的時代︰只有教條，而沒有人的感覺！甚至連本該有的「採菊東籬下」那種清淡自然的感情也失去了！

在電影界，也正像其他行業一樣，新陳代謝慢得幾乎到了停滯的狀態。現在的編導都是六十歲以上的老頭了。他們的構想、對人生事物的看法，以及審美的觀點，都還是三四十年代的。他們最高的標準，也不過是瞄準了三四十年代的一些當時認為的佳作而已，因此拍出的電影跟現代觀眾的要求差距非常之大。在一次電影座談會上，有一個四十多歲的中年人自稱是北影最年輕的導演。他很不好意思地說︰「雖然四十多歲了，在六七十歲的導演面前還是小孩子呀！」他又說年輕人出頭非常不容易。這正是目前各行各業的通病。掌權的老年人對年輕人沒有信心，除非有的年輕人表現出跟他們一樣的老年人的心態、一樣的觀念和構想，他們才算找到了合意而放心的接班人；否則他們便懷著疑懼的心情，拒絕任何不合他們心意的改變。這也正是各行各業幾十年來都遲滯不進的最大原因。年輕人的創造力、想像力，不但不可能獲得鼓勵，而且只要關涉到改變既有的成規，都帶有相當的危險性。凡是創新，對老一代都含有一種挑戰與威脅的力量。西方的老年人習慣了年輕人的挑衅，在重要的關頭可以認輸而讓位。中國的老年人則從沒有這種訓練，心理上要求的是「不改父之道」的接班人，如遇到挑衅不馴的下一代，只有出其全力打擊之，不會考慮到自己也有過時的一天！

十二、聽音樂

在中國我實在沒有聽到正式的音樂演奏會，第一、音樂演奏會不多，第二、可能我沒有機會遇到。不過我訪問了一個音樂學院，也聽了點私人的演奏，另外聽了一次有兩萬聽眾的流行歌曲演唱會，看了一次中式歌劇，一次西式大歌劇：卡門。

我跟音樂界的接觸，主要的是我有幾個在音樂學院教書的親戚，有教器樂的，也有教聲樂的。我小的時候，就記得有一個熱愛音樂的表舅，拉得一手好二胡，又會拉鋼鋸，一心要當音樂家。後來跟一個白俄學了大提琴。這位表舅雖然是一個音樂人材，但在解放以後毫無用武之地。本來還在歌劇院擔任個伴奏，已經是屬於被管制的人物，文化大革命一來，更變本加厲，打入牛棚。現在給一所工廠當門房，音樂家的美夢算是徹底破滅了。然而他自己雖然沒有成功，卻很賣力地

天津音樂學院的學生。

教了幾個學生出來。他教出來的義子現在音樂學院教大提琴，義子又教了他的內弟，是去年音樂學院特出的一個學大提琴的畢業生。現在我的表舅又在培養他的小外孫，仍是大提琴。這個小孩已經十歲，大提琴已拉得不錯，很不容易地考進北京音樂學院的附屬小學。這個小學以培養音樂兒童為主，與普通的小學不同，學生一律住校，練習樂器的時間很長。我想基礎的音樂教育相當不錯，但以後是否上得去是一個問題。因為中國的各行各業總是外行領導內行，上邊負責音樂的領導本身不一定懂音樂。完全不懂倒也好，就怕碰到似懂非懂的半瓶醋，這樣一來，下邊打的音樂基礎，等於白費功夫！

從歌劇「卡門」的不能公開演出，就可以看出音樂和藝術在中國發展所遭遇的問題。我在北京的時候，正趕上中法兩國的藝術家為執行中法文化交流協定，經過半年多的排練，緊鑼密鼓地預備演出法國著名歌劇「卡門」。總導演泰哈森（René Terrasson）、音樂指揮伯雷森（Jean Perisson）、聲樂指導布如梅（Jacqueline Brumaire）以及助理導演、佈景師、燈光師、服裝設計等都是從法國請來的一時之選。中國方面只擔任演員和其他事務方面的工作。我很榮幸地觀賞了預演。也就是在這次的預演中，遭受了文化部當權幹部的審查和否決。

在這次預演中，音樂方面的水準的確不錯。王惠英的卡門、林金元的唐何塞都很過得去。最出色的要算飾演第二女主角的女高音季小琴，其聲音之清越、音色之優美、技巧之完善，在西方歌劇院中也並不多見。但在戲劇一方面就夠瞧的了。王惠英的卡門拘謹得一點也不像個熱情浪漫的女工，倒像個穿花衣服的音樂教師。演士兵的只像一群人偶兵，演跟女工們調情的戲，簡直不知所云。可見中國人生活一向嚴肅慣了，難以有輕鬆的一面。總而言之，唱工很好，做工奇差。這一場預演完了以後，據說審查的老爺們下了結論：第一、太浪漫了，不合國情！第二、其中有一場走私的匪徒，竟沒有加以嚴厲批評，豈不是提倡走私嗎？這如何了得！要給一向善良的社會帶來多大的壞影響呵！這樣的戲絕不可公開上演！於是以後只在「內部」演出了幾場，專演給抵抗力特強的中高級幹部看，小民不與焉！一部籌備經年，排練數月的大歌劇就此作罷。宣傳上所謂的卡門「是向剝削人壓迫人的資產階級政權爭取自由、向封建資產階級的夫權爭取自由」等等話頭，算是白花了一番委婉曲折的心思。聽說幾個法國導演、指揮、舞台設計等聽了最後不准公演的決定，都氣炸了，但也只有白瞪眼，立刻捲舖蓋回巴黎，所謂的中法文化交流就此砸鍋。為了這次演出，法國出了人，中國卻又出人又花錢。就只算從巴黎請來的導演、指揮、舞台技術人員等等有十多人，來回的路費，在中國的大飯店一住數月，花費不小，還有舞台裝置、服裝、場地、演員排演費用等等，最少的估計也得一百萬人民幣吧！不能公開演出，這個錢不是白花了麼？不合國情以及其中有走私匪徒等戲都是原來劇本中就有的，為什麼不早一點審查劇本？卻等到演出的前夕再來找麻煩、挑碴兒？如果你問出這樣的問題，就不懂什麼叫做官僚作風了。中國的官

在北京預演後立刻遭到禁演的「卡門」。

僚不是一向就把跟外國簽約賠款等不當一回事？對這種事兒，不但沒有輿論（大多數的人民根本連知也不知道有這回事兒），連什麼人民代表、政協委員之類的恐怕也不敢吭一聲！

對音樂界而言，「卡門」的演出的確是對有才華的聲樂人材的一大鼓勵。如果繼續有歌劇上演，使年輕一代的聲樂家有用武之地，豈不是好？然而第一砲就沒打響，很使音樂界的人灰心喪氣。要是連「向剝削壓迫人的資產階級政權爭自由」的「卡門」都犯諱，其他更古典的描寫帝王將相才子佳人的歌劇就更加無望了。

然而既然不能公演，為什麼又能做「內部」的演出呢？這也是中國特有的一種現象。凡是審查機關認為不適合大眾觀賞的影片、戲劇等，卻可用內部演出的名義供給某一階級以上的幹部觀賞，就等於在西方兒童不宜的成人電影一樣。不過在中國不是以年齡劃分，而是以職權與階級劃分宜與不宜。人民大眾就等於不懂事的兒童，需要加以管制與保護。這種觀念自然來自「為民父母」的老傳統，只是到了革命三十年以後，這個老傳統又加以發揚光大了。今日不但把人民看做兒童，需要保護，而且相當輕視，認為人民是不知好歹、不識美醜的。又對人民很不信任，認定人民一定只會接受壞影響，而不會接受好影響。因此，有問題的藝術作品，就只可供給具有了先天免疫性的高級幹部做「內部」觀賞了。

我另外也看了一部由軍中的歌劇團演出的輕歌劇「孤雁南飛」，其中又是回國華僑受四人幫迫害而終於翻案的老套。故事雖是套的國內的公式，口味卻完全是資本主義社會中小市民式的。華僑衣飾、行動，都可說是俗不可耐的那一類。演唱的也是在倫敦、紐約等地隨時可以聽到的那種通俗的腔調。這種格調的歌劇反倒沒有問題，也許是正合了審查老爺的口味！然而這類西式的輕歌劇是否受到觀眾的歡迎不得而知，因為演出時演員很賣力，觀眾的反應也並不熱烈。

我印象最深的一次是在可以容兩萬人的北京體育館參加的一次流行歌曲演唱會。印象之所以深刻，是因為觀眾如此之多，節目卻非常貧弱。兩萬多觀眾，消磨一個寶貴的晚上，就為的是去聽那麼幾支流行歌曲，足見北京市民之沒有適當的消遣和無處可去了。不過在這次流行曲演唱會中聽眾的反應反倒比戲院中的觀眾要好得多。每一演唱者唱畢，雖說掌聲不見得熱烈，但總不會有啞場的尷尬場面出現。可能因為這裡的聽眾比較年輕，態度反比較文明。演唱者的服裝跟過去我對中國演唱者的印象也很為不同，不再是一律紅色娘子軍的打扮，或裝成穿花棉襖的鄉下大姑娘的樣子。西式的晚禮服居然也出現了，裸背露肩的服裝也出現了。至於所唱的歌曲，我比較欣賞富有民謠風味的那一種，但一般觀眾並不欣賞。這樣的歌曲只賺來零零落落的幾聲巴掌，包括我拍的在內。最能贏得熱烈掌聲的反倒是外國歌曲和台灣小調，每次唱畢都是一片掌聲，外加叫好。我想這跟演唱的技巧和歌曲的內容沒有多大關係，只證明一般人心目中的外國熱和台灣熱而已。在台灣已經早不流行了的「高山青」，現在成了大陸上的熱門歌曲，在餐廳裡也常常聽到。

十三、文人與文學

我接觸到了不少文人，有三四十年代已經名噪一時的，也有最近幾年才嶄露頭角的，有過氣的，也有正當紅的，有七八十歲的老人，也有三四十歲的後生。這些人都毫無例外地受到了文化大革命的沖擊，不是流放邊疆，就是打下牛棚，甚至囚犯似地關進監牢的為數也不少，也都毫無例外地遺留了滿身的創傷和一肚子冤氣。文化大革命雖然實質上是共產黨領導階層的奪權鬥爭，但是也順帶著革了文化的命。落實了說，是革了文人的命；其波及面之廣、鬥爭之慘烈，可說是史無前例。

可是到現在仍沒有一種合理的解釋，為什麼在中國的土地上會發生這種非理性的運動？只是因為有狂人點火嗎？如沒有易燃的材料、如沒有煽火的風，恐怕一把火也不易點得起來吧！就是點得起來，也不易成為燎原之勢的吧！有一位小說作家，原來是延安時期的幹部，後來又做過當紅的文化局長，應該不算外人，更談不上右派或反革命，竟也給整成半身癱瘓、口不能言。現在雖然是平反了，但誰能來補償這種身心上的戕害？如果想到任何人的一生都是無可補償的唯一的一次，又怎能如此地賤視人命呢？他雖然是一個文革的受害者，可是據其他的人告訴我，在文革初期，在他自己當令的時候，他卻是一個迫害者，不知道有多少文人在他的手下給打成右派關進牛棚。像這種本身既是受害者又是迫害者的例子很多。周揚恐怕就是一個最好的代表，大權在握的時候從沒有考慮到整處他人手段之殘酷，也從沒有考慮到「冤屈」與「公正」為何物，直到自己被整以後才明白這種滋味不是好受的。可見人都是些後知後覺的動物，又是極自私的自我中心者，能夠推己及人的可說絕無僅有。就個人的立場來說，只能說自己的不幸。但就民族整體而言，則是一種無理性地互相殘殺。當世界上其他種族的人甚至於把愛人之心擴展到蠻荒的異族（如史懷哲在非洲行醫、泰蕾莎在印度助人）的時候，為什麼獨獨我們中國人——有四千年文明的中國人！有先聖先賢的慎思明辨為基礎的中國人！——卻偏偏在嫉恨中彼此殘殺呢？是誰把這種害人終於害己的惡毒的種子種在我們心中的呢？即使有這種撒播毒種的魔鬼，為什麼竟有如此眾多的人甘心讓這種惡毒的種子在心田中萌生滋發而竟懵懂無知呢？

這個問題正像無數的問題一樣，無法在中國大陸上深切求解，因為提出問題和解答問題都帶有十分的危險性。這就是為什麼萌發一時的所謂「傷痕文學」無法繼續的原因。到目前為止我們所見的「傷痕文學」，尚不過是揭露中國人所遭受的數十年災難的一個開始，一個只拂過了傷痕的表層的嘗試，根本未觸及到問題的核心。如果要任其發展下去，勢必要一層層地深入提問，那就引起當權者十分的恐懼了。當權者所首先考慮的總是當下的權力，而不是中國未來的命運及全國百姓的福祉。

在這種情形下寫作是困難的。任何一個從事寫作的人，都得具有一種起碼的真誠。當然瞪眼說瞎話的、或以文取媚爭寵的文氓文丐之流並非沒有，但畢竟是少數。大多數的文人都具有一種本然的良知，使他們在殘酷的現實面前無法噤口不言。然而如何做到點到為止、如何不超越當權者寬容的界限，那就很難拿得準了。有一位年輕人，在文革時把寫好的東西藏在自行車的鐵管裡，事後拿出來發表，很能得到當權者的諒解，當紅一時，代表中國作家出國訪問，又當選了某城市的文協副主席。另一位青年就沒有如此幸運。文革時把在監獄中所寫的東西縫在棉襖裡，被查出來判決死刑。幸虧他的家人到處奔走，直到四人幫垮台後才釋放出獄。以後什麼也不敢說，不敢寫了，只覺得人生是一場空。

寫作總是種危險的事業，特別是年輕的一代，寫來寫去總有一天會在不知不覺中超越了允許的範圍。即使極端小心不去超越，衡量的標尺也會變動。今天認可的香花，到了明天標尺一變可能就會成為萬惡不赦的毒草。過去的例子可多了，無須枚舉。

大概最寬心的是老年的一代，憑著一張老臉，坐吃國家供給作家的俸祿而一字不寫。有一位老作家就坦然地對我說：「要說的我早說了，要寫的我早寫了，到了我這把年紀兒，只有優遊餘生了！」這樣最安逸、最不冒風險，對他人對社會可也最沒有貢獻。但可幸的是中國正是一個不喜歡要文人貢獻什麼的國家，能夠做歌德派最好，不能做歌德派，至少做個啞巴派，國家也肯出錢白養著。當權的人最恨的是那些不肯安份守己而又一心要為人民喉舌的瘋狗。所以要做瘋狗的作家，命運也就可想而知了。

老作家，除了巴金忽然良心大發想在有生之年在官方允許的限度內說幾句真誠的話外，多半都採取噤口不言的政策。也有幾位當令的，那就是一口場面話了。像什麼總理交下的任務要完成啦，像什麼要再為社會主義奮鬥多少多少年啦。會說場面話，所換來的最少是兩房一廳的一所公寓和一級二級的作家頭銜。在房荒嚴重的中國，這幾句場面話是值得同情與原諒的。

要當令也不是人人都辦得到的，第一得有些名氣，第二得有點手段，第三就得歸之於運氣了。有名氣的多半都是在四九年以前成名的。四九年以後成名的很少，因為在集體主義中沒有個人成名的機會。同時政治掛帥的結果，只有政治領導是名人，其他行業都是螺絲釘。過去各行各業都還有些自己的祖師爺可拜，現在各行業都拜同一個祖師爺。所以四九年後的大詩人大作家都是政治領導，非領導者縱有李白杜甫之才，也大不起來。因此延安出來的文人比過去所謂「白區」的文人更可憐。我就見過一個過去曾在延安魯藝任教，寫過不少劇本小說，作品也拍成過電影的老作家。就只因甘願做了多年的螺絲釘，到了老年就沒人過問了。不用說評不上一級二級作家的頭銜，連三級的恐怕也沒份，自然拿不到國家的俸祿，只靠原來工作單位的退休金過日子。跟老伴住在一間侷促的小房子裡，頭髮也禿了，牙齒也掉了，不願再提當年！因為當年寫的作品都是為了做螺絲釘，為了革命做宣傳的，現在看了自己也覺臉紅。

在中年青年的作家中，比較有些分量的，還是那幾位比較忠於自己的見解和情感的作家，沒有在重要的關頭隨波而逐流。在傷痕文學中湧現的有才分的作家就更多了。可見人才不是沒有，就要看如何來培養。其實不加培養也沒有關係，只要不加以人為的戕害，好作家還是會慢慢成長的。可是我們也不能不稍為採取保留的態度。現在的制度是對作家統一領導，對作品是統一出版發行。一個作家發表了幾篇作品稍有名氣之後，立刻就被納入當地作家協會的組織，作品比較受重視的就給請到北京成為全國性作家協會的成員，將來就拿國家的薪給成為職業作家。薪水雖然不高，但也不比幹其他行業更差，所以現在瞄準了作家當作未來職業的青年大有人在。再加上所有的刊物，不管是報紙的副刊還是文藝性的雜誌，一律是官方的，受到黨組織的嚴密控制，什麼作品可以發表，什麼作品不可以發表，都有一定的尺寸。在這麼一種制度下，有幾個作家能夠保持一己獨特的觀點與見解，能夠發展出獨特的文字風格，是很值得令人懷疑的一件事。

十四、學生與青年

中國的大學生看起來都比較矮小拘謹。這並不是與西方的大學生比較，而是與社會上其他中國青年比較而言。我並不知道原因所在。是因為書唸多了，影響到發育？還是學校管理太嚴、氣氛太緊張，影響到學生的身心發展？

有一次在北京大學，在一個晴朗的早晨，我正在未名湖畔閒走，忽見山坡上走下來一隊年輕的學生，男的戴著草綠色的軍帽，女的梳著辮子、穿著花棉襖，就跟我以後在農村中所見的兒童穿著一般。每人都背一隻布製書包，很有秩序地列隊走過來。最初我還以為是來北大參觀的小學生，走近了一看，原來都是二十幾歲的北大的學生！

為什麼好多中國的大學生長不大？或者說沒有成年人的模樣？或故意裝扮成不成熟的稚嫩的

兒童？這跟中國的固有文化傳統大概有些關係。中國原有的那種壓制青年人成長、不承認年輕人的權力與地位的傳統，到今日的中國似乎更加嚴重了。現在中國的大學，不但是一個知識傳授的場所，而且也是一個政治控制的場所。一般看來，知識的傳授反倒是次要的，政治的控制才是首要的，這在文化大革命時表現得最為清楚。但文革以後情況並沒有徹底改變，大學裡仍然是政治掛帥，黨領導一切。不論什麼科系，都填充著政治教條的課程，學術自由、思考獨立還都是些太過奢侈的空想。因此學生和教師間的關係，有些像士兵與軍官的關係，都很有次序、很有規矩，但是否有什麼真知灼見相傳授就很難說了。學校的領導有些與學術是沒有關係的。有一次在宴會上我問某學院的院長在行政工作外還教些什麼課程。回答是：「咱啥也不教，咱對教書是外行！」也有些大學看起來比較開放，學生也就相對的比較活潑，老師也似乎有較大的研究與言論的自由。像天津的南開和上海的復旦，老師學生的言談態度和衣著，似乎與別的大學都有些不同，但這種差異還是相當微小的。

當然外表的拘謹畏縮，並不能說明內在也是一樣。我就碰到過好多個內心熱烈、能說會辯、思想也很深刻的學生。有一次在一個大學演講後，晚上忽然有兩個學生到旅館來找我，一個唸哲學，年紀比較大，一個唸歷史，很年輕，兩個人頭腦都很清楚，也極有見地。這樣的學生常被人視為危險人物，他們自己也知道，所以平常輕易不表露自己的意見。他們跑到旅館來找我，不知鼓了多大的勇氣呢！

有一次加拿大和日本的留學生，還有幾位中國學生，在留學生宿舍請我吃火鍋，在座的有一位五好學生，我跟他開玩笑說：「你跟外國留學生、華僑什麼的來往，不怕沾染了自由傾向，將來選不上五好學生嗎？」他紅了臉說現在他一點也不在乎，想想那時傻里傻氣地人家說什麼就聽什麼，才會選上五好學生。我自己教書多年，我覺得真正優秀的學生都有自己的見解，也都有能力把自己的見解表達出來，而且都很有些個性，才不會輕易叫別人牽著鼻子走呢！就像袁宏道所說的：「大丈夫當獨往獨來，自舒其逸耳，豈可逐世啼笑，聽人穿鼻絡首！」這種氣概是中國人本有的。可是現在在中國衡量學生的標準，正好與此相反。

也不是沒有學生肯表現特出的見解，只是我很懷疑特出的見解是否會受到老師的鼓勵。有一次在一所大學的文學座談會上，跟老師們交換了意見之後，我想應該問問在座的幾位學生的意見。幾個研究生都悶聲不響，倒是一個大四的學生很勇敢地發了言。他說，他想在文學批評上應該運用「空筐結構」。我說我沒聽說過這種結構，請他解釋一下。他就侃侃地發揮起來。他說「空筐結構」本是數學上的一個名詞，他認為借用到文學批評上很合適。他的意見是好的作品就像一個空筐，不管什麼人在欣賞作品的時候都可以把自己想像的東西裝在筐裡。我說：「好呀！這個看法好極了。現在有些作品就是因為寫得太實在，不給讀者留任何想像的餘地。為什麼不寫篇文章出來呢？這真是個好主意，是不是？」我轉臉向在座的老師們說。可是我見大家都板著臉，既不說好，也不說不好，都是一付喜怒不形於色的模樣，只有這個年輕的學生跟我兩人在咧著嘴笑，心中都非常得意似的。

一般大學的老師言談都很謹慎，反沒有學生自由。在大學教書的年輕老師很少，最年輕的也都四十多歲了。再年輕一點的，反倒成了問題，因為都是文革時提上去的革命小將。有一個大學的系主任就對我抱怨說：「這些人不學無術，既不能教書，又不能做研究，在目前鐵飯碗制度下，除非是反革命，誰也辭退不得，簡直成了學校的累贅。」可是他沒說目前中國大學中還有另一個更嚴重的累贅：就是有些年老的教師，有的快八十，有的已超過八十，走路要人扶，說話搖腦袋，腦袋裡頭不用說早成了一團漿糊，不教書，不工作，居然仍盤据著教授或系主任的高位。這些人其實早就該發給退休金回家去養老，可是在中國視權如命又沒有健全的退休制度的情形下，不論大權小權，只要把上手，就死也不肯放！

老的不肯退休，年輕的上不去，四十以下的又叫文革給耽誤了，中國的教育，特別是大學教育，真是個大問題！

自從四人幫倒台後，中國走開放的路線，大批送留學生到西方去學習，在國內的學生也都眼巴巴地望著歐美。同時也有很多外國留學生到中國來學習。除了北京的語言學院專門為學習中文的外國學生而設外，在幾個重點大學像北大、清華、南開、復旦、南京、山東等大學都設有專供留學生居住的留學生大樓。一般外國留學生到中國去，以學習中文為主，其次是蒐集資料為回國後寫論文做準備。因此在一次宴會上，某大學的外事主任就不勝感慨地說：「所有的外國學生來中國都是為了收集資料，沒有一個在這裡寫論文的。學別的還有理可說，竟連學中國文學的也如此。難道說在中國文學的研究上，中國還不如外國嗎？」我說：「要是你真正不知道是何緣故，我倒可以告訴你。並不是在中國文學研究上中國不及外國，而實在的原因是有創造力、有獨特見解的學生無法在中國寫論文。在西方的大學中學生可以用任何理論寫作論文，包括反資本主義的馬克思的理論和學生自創的理論在內，只要言之成理即可。在中國辦得到嗎？在中國的研究生能以歷史唯物史觀或馬列主義以外的理論來寫論文嗎？如果能的話，我馬上送我的學生來。」我這句話說完了，全桌的教授、系主任均面面相覷，無言以對。過了好幾分鐘僵冷的場面，才有一位先生顧左右而言他。我並不是有意叫人難堪，而是覺得光說些場面話於事無補。中國到了今日這種地步，還不該面對現實嗎？

在中國老師上課多不給學生發問的機會，中國學生又特別客氣，不會隨時插嘴。我每次演講完畢，都留半小時給學生提問題。開始學生不習慣，但一經解釋馬上就行開了。不過口頭提問的很少，多半都是以寫紙條的方式發問。有時十幾張紙條會同時傳上來。每次解答問題從半小時延長到一小時，還覺不夠。學生的求知慾是很強的。走出教室，在走廊裡仍會被學生包圍。這時候學生就敢於開口了。我本以為經過各種政治運動的訓練，中國學生早就練好了一張利嘴，誰知靦覥如故。這不是一所大學的特殊現象，幾乎所有我所遇見的大學生，都不愛當眾發言。

有一次在一所大學因學生發問引起過一場尷尬場面。有一個紙條問到我對白樺的看法。那時候國內白樺事件還沒定案，國外正是一片抗議聲。我把問題讀出來以後，剛想回答，不想主持這次演講的系主任趕忙跑上台來對我說：「有些問題你不需要回答！」系主任雖然是對我耳語的，可是我面前有一架麥克風，他的話給學生聽見了，禮堂中立刻噓聲大作，叫系主任很不好意思。還有一所大學，學生的問題更尖銳。那張紙條上問了兩個問題：一、大陸對文藝作品的評價有兩個標準：政治標準第一，藝術標準第二，這個政策與寫實作品是否矛盾？二、您認為寫實作品是否在大陸行得通？這其中的用語，像「大陸」、像「寫實」，都是我的用語，而不是在中國大陸通行的，這個學生竟都採用了。對這個問題，我自然老實不客氣地大事發揮一番，並說明了我不贊同以政治干預文藝的理由。當時沒有異議，但事後有些去聽我演講的親戚勸告我說：說話應該含蓄些、保留些，而且要注意不要讓別人藉我的嘴來說話。我則覺得我沒有什麼需要顧忌的，大學請我的時候已經說過：「學術範圍無禁域，講什麼都可以。」如果我的看法不同，正足以交換意見，如果我的看法與他們完全一致，又何苦要我來講？不過後來想想，我自以為直爽的言論，的確也有些冒險性。要是當場有人以保衛革命的純潔為藉口，站起來把我痛罵一頓，我又有什麼辦法？

我有一個題目，是講台灣的文學，並且選講了王文興、白先勇、七等生和黃春明的小說。白先勇和黃春明的小說之受到歡迎自是很容易理解的事，王文興的「家變」和七等生的「我愛黑眼珠」也引起了相當的共鳴，卻有些出乎我的意外。可見大陸學生文學鑑賞的能力並不低於台灣的大學生，雖然他們與外界隔絕了三十餘年，很少有機會接觸到「社會主義的現實主義」以外的作品。

有一回在一個親戚家吃餃子，在座的也有親戚的兩個學生，是一對夫妻，都是二十五歲上下的年輕人。丈夫有一雙極明亮的眼睛，使人覺得是一個非常聰慧的人。妻子模樣端正沉靜，但聽她一開口就知道她這沉靜的外表包藏著的卻是一付激動的心情。她說她喜歡法國的現代小說，我不知道她從哪裡接觸到這些小說的。她對目前的社會情況，有一腔難以渲洩的憤懣。她說她什麼也不怕。「他不一樣，」她指著她的愛人說：「他的顧忌很多，很怕惹是生非。我是看穿了，小心不小心結果都是一樣。就好像是關在籠裡的鳥，大家都脫不了悶死的命運。我覺得早死兩天晚死兩天沒有什麼很大的不同！」

十五、我的第三個困惑

馬克思唯一遺留給世人的對共產主義烏托邦的具體描繪就是有關人類多元的生活。他說未來理想的生活應該是「沒有人只做一件事，每人想做什麼就做什麼。社會的一般生產使我有可能今天做一件事，明天就做另外一件事。譬如說：早上打獵，下午釣魚，黃昏去放牛，吃過晚飯還可以開批評會。我們也並無須成為獵人、漁人、牧童或是批評家。」（"The German Ideology," in Marx & Engels, *Basic Writings on Politics & Philosophy*, New York, Anchor Books, 1959, p.254）

如果真正信服馬克思理想的人，就該努力使社會的發展走向一個多元的面貌，而不應該做出任何走向單一發展的設計。可是現在的中國，竟連在任何既往的歷史階段和任何國家中都呈現著多種多樣發展的文學都在「延安文藝座談會上的講話」一種單一的綱領下統一起來。這中間與馬克思的理想有沒有矛盾呢？為什麼以馬克思信徒自居的人反而從來不關注討論這樣的問題？

在一九五七年後與「延安文藝座談會上的講話」在精神上背道而馳的「百花齊放、百家爭鳴」的口號，到底有幾分誠意？既然歷史早已經證明了是一種「陽謀」，為什麼今天仍把「雙百」叫成一個政策性的口號？如果把百家解釋成「社會主義」以內的百家，甚至於解釋成「蘇聯與東歐的修正主義除外的社會主義」以內的百家，再進而解釋成「中國式的社會主義內的××派的以××為領導的政策」以內的百家，那又何苦叫它作百家？這豈不顯然在玩弄名詞嗎？百花也是如此。如果只是顏色、形狀、氣味俱皆相同的一百朵花，就是所謂的百花，這樣的花就是製造出千萬朵出來又有什麼兩樣？

一面大叫「雙百」，一面又不住地在畫地自限，這出於一種何等奇異的畸形心理呢？

實用主義的人對文學藝術並不重視，是可以理解的。不可理解的是把文學藝術降為教育的工具之後還不罷手，進一步要把文學藝術貶抑為奴性的歌德文學藝術，把文學家藝術家打成僕從和抬轎的人。如此還不甘休，更進一步把文學藝術弄作隨意玩弄影射罵人的消遣和爭權奪利的工具。文學藝術工作者終成為累次政爭中的必然代罪羔羊。這樣的實際作為與理論上的政策又何其遙遠？為什麼會出現這麼明顯的乖謬現象呢？

在一切為集體的社會中，不能突出個人，也不容許有任何個性的發展，在這種情況下如何來發展個人的創造力呢？相信政治領導一紙命令，或一句口號就可以促生人民的創造力和工作熱情，是唯物的還是唯心的觀點呢？

在領導者鼓勵群眾做螺絲釘的時候，領導者自身卻絕對不去做螺絲釘，而是承擔了拔螺絲釘的鐵鉗的腳色。每個螺絲釘遲早要被有力的鐵鉗所拔掉。在這樣的一種現實下，群眾中有多少人會終生蒙蔽在甘願做螺絲釘的甜言之下呢？

如果是一個建立在群眾基礎上的政權，為什麼對群眾反而諸般猜疑而沒有絲毫信心呢？要是還有一點信心的話，為什麼需要處心積慮地把所有可以表達人民心聲和意願的文學藝術都嚴格地管制起來？

對青年學生的壓抑與控制，使其身心都得不到自由的發展，是為了目前一人一黨的私利？還是為了一個民族的長遠發展？設計這種制度的人有沒有考慮過這種制度所可造成的嚴重後果？

在這個世界上其他的種族都在一日日走向更為開放、更為自由、更為全面多元發展的同時，中國人的心理才智卻無不逼向一種單一的偏枯的發展道路。對這個問題，為什麼反沒有人用心？我實在為此感到極大的困惑！

十六、下鄉

我很僥倖地獲得批准回到了我的故鄉，而且准許我到了尚不對外開放的鄉下。也正因為又看到了中國的農村，才使我覺得眼前似有一線光明在黑夜中穩定地升起。中國是一個農業國家，中國的問題在農村，中國的光明也在農村。中國農村給人一種永恆的感覺。農村很少變化，生活緩慢地流動著，農民勤儉而知足，不管多麼大的災難，似乎都未觸及到中國農民樂觀執著的天性。

如果說中國的都市是殘舊陰黯的，農村就開朗健康得多。這並不是說農村好過都市，而只是說一種氣氛、一種感覺。就實際上物質生活的對照來說，當然農村比都市更簡陋，生活更為困苦。但是最近幾年從落實了生產責任制以後，農村的生活確是發生了很大的改變。第一農民終於覺得是為自己一家人的福利而生活了，於是馬上勤奮起來、快活起來。第二最近幾年每一家都享受到增產的成果，不再像過去似地增了產仍然是一場空。這許多都使農村的生活氣氛發生了變化。但更重要的我想仍然是出於那句傳統的老話：「天高皇帝遠」。農村中沒有都市裡經常被人嚴密監視控制的緊張氣氛，在心情上就比較自由輕鬆多了。

我所去的我母親的村莊，基本上還是三十年前的老樣子。房子仍然是土牆瓦頂或草頂，道路仍然是土路，人們睡的仍然是土炕，只有吃穿稍微與過去不同。過去就是像我外祖那種比較殷實的農家，也是以吃雜糧為主，很少麵食。那時候節省下來為的是治房子買地。現在呢，農民不過剛開始有心情整治房子，地仍是不能買賣，所以在吃上比過去注重。最近幾年吃的米麵都比過去多。這種生活習慣的改變，應該算一個好現象，至少可以改善農民的體質。在穿的方面，基於同一理由，也比過去好。我下鄉的時候是冬天，又恰巧剛過春節，所見男女老幼都穿著相當整齊的棉衣，樣式也比過去好看，沒見有打補丁的衣服。農民的健康狀況也相當不錯，特別是孩子們，都是胖胖的紅紅的臉色，沒有面黃肌瘦或者癩頭麻臉拖鼻涕巴拉眼的。這也可以說明雖然農村的醫療制度還不健全，但肯定比過去好得多。

我們這一縣對接待外來的人算已有過經驗。王舉人莊的現在紐約教書的王浩教授就先我回鄉來過。另外我有一個現在居住美國的小學同學也已經回來過兩次。可是對我母親出生的這個小小的村莊來說，我恐怕就是第一個外來的人了。

房子仍然是土牆瓦頂或草頂，道路仍然是土路。

縣政府派了部吉普車把我送到村裡去。這一下可不得了，驚動了全村的少年人。一到村頭，就見全是孩子，少說也有一百多。女孩子穿著紅紅綠綠的棉襖，男孩子是藍色或者草綠色的制服，有的戴著駝絨帽，有的戴著軍帽，個個都胖乎乎的，小臉凍得通紅。到了我舅媽家裡，可熱鬧了，一百多個小孩兒全跟了來。擠呀擠呀，都想從院子裡擠到屋裡來，就近瞧瞧我這個稀客。門框擠歪了，門檻上的磚也擠塌了。陪我來的小姨一看這情況，趕緊下令分糖，把我們帶來的糖果一把把地拋出去，就像拋喜糖似地。小孩兒歡叫著，齊到院子去搶糖，才算臨時解了圍。拿了糖，興還未盡，我怕擠壞了門，只好自己出去。摸摸這個，抱抱那個，給他們照了像，哄他們說以後再來一起玩兒，小孩兒們才漸漸散了。

孩子們散了以後，輪到大人們，不少人都好奇地來瞅一眼。到了我母親的村莊，我自己成了個小輩。隨便抓出個年輕小伙子，都可能是我舅舅那輩的。年紀稍大的，我得叫老爺。村中有頭有面的人物早已經站了半屋，一個個自報身分寒暄了半晌。有的是看過我在地上爬的，有的是瞧見我滿街跑的，都是故人。我請他們上坐，自己末坐相陪。我舅媽家的人張羅茶水，年老的農民巴達巴達地抽著旱煙袋，說到三十年前的舊事，竟像一切如昔似的。三十年，在這個古老的農村中，不過是一眨眼的工夫。這一代的農民，比他們父親那一代，甚至比他們祖父那一代，並沒有十分顯著的變化，勤儉刻苦而無知，在純樸中也有一種適應環境的狡猾。

上座的那一位老農民，綽號「鬼難拿」，是從前的大隊支書。論年紀，大概與我母親差不多，論輩份，卻是我老爺那一輩的。在我這個從城市來的人看來，也不過是個純樸的老農，別的農民卻說他一肚子鬼。可見從不同的觀點，就可以瞧出兩個不同的世界來。

正談得興起，上座的老農民忽然忽啦啦都站了起來，原來是當今的大隊支書到了。大家又重新按地位的高低和輩份年紀坐了。有這麼三項標準，問題還真不簡單。不過我一直堅持敬陪末座，別人似乎也就不便太拘禮，馬虎一點算了。這位支書年紀不大，大概三十多歲吧！因為不是我母親的族人，所以跟我沒有輩份的問題。聽說人很誠懇，領導力也強，自己常常跟隊員一起下田幹活，對我舅媽這種成分不好的家庭也並不歧視。剛剛談了不久，上座的人又都忽啦啦站了起來，這次駕到的竟是縣公安局長，還帶了一個警察來。村中有頭有面的人物不但讓位，而且乾脆都退到院子裡去了。局長說，按規矩，外來的都得報戶口，為了減少我的麻煩起見，局長親自把戶口帶來給我報。說著那位同來的警察要了我的旅行證和護照，填寫了一張表格，手續完畢。局長關照我表弟夜裡小心門戶，就此告辭。這時讓到院裡去的領導和鄉親們才又進屋裡來重新落座。

在座的眾親友中，大多數是從不曾見過面的，或者是有那年長的記得我幼年時的模樣，而他們對我來說卻早已沉落到記憶的深海，從不曾有冒升的機會。但是其中有少數幾位，我卻記得相當清楚。令我驚異的是，他們的確是為永恆的中國歷史的長流所吞沒了。譬如說我有一位表舅，

在座的都是清一色的男性，每桌有八個菜，還有白乾可喝。

在我的記憶中應該是一位英挺的激進青年，現在給我的印象卻是跟他自己的祖父並無二致的一個保守的老農。他的衣著裝扮，早已拋棄了他自己青年時期所受的外來影響，而完全恢復到清末民初的農民模樣：一頂舊氈帽、短棉襖、札腳脖的厚棉褲、大棉鞋，只差拖一根辮子。連走路的樣子，隨地吐痰的習慣，都保持了祖父一代的傳統。無怪乎有些西方的歷史學家對中國的歷史有停滯不前的印象，或認為中國歷史是循環性的，年輕時代的革命青年，老來都不免變作滿清遺老。早年的表舅，我覺得他有種種未來的可能性，到了老年卻只剩下了一種可能性：保持古老的傳統！

我下鄉的這天，在我舅媽家裡晚飯擺了三張八仙桌。遵照老習慣，女性不入席，只擔任做飯端菜等服務的腳色，在座的都是清一色的男性。每桌有八個菜，還有白乾可喝。不用說，村中有頭有面的都請了來陪客。事後我發現八仙桌都是從別人家借來的，菜也是我表弟特意請了村中巧手的婦女來幫忙做的。我舅媽家的陳設非常簡陋破舊，只有我表弟的房中擺了一座嶄新的立櫥。據我表弟說，在我下鄉以前，政府已經來做過調查，看我舅媽家既無電視機，又無自行車，連件像樣的家具也沒有，純粹是一副無產階級的模樣，覺得太寒傖了，特意幫忙添了這件家具。

當夜我就跟另一個陪我下鄉的表弟睡在多年未睡過的土炕上。本來想睡一個熱炕的，誰知現在不興燒熱炕了，改用燙壺。這燙壺原來是城市人用的東西，現在已普及到鄉下，可見中國的農村多少也現代化了。

第二天開始有外村的親屬來訪。其中有一位上了年紀的婦女，並沒有直接親戚的關係，只是說起來有些個瓜葛。別人都叫她火車頭家。我到現在還不太清楚她這個綽號的含義，是她的丈夫從前是開火車的呢？還是因為她能說會道而得到這個綽號的呢？我實在不知道。但是她是個很特別的人，她不但是來正式訪問的唯一的女性，而且是老老實實坐在上座視其他男人為無物的唯一的女性。正像我們在「社會主義文學」中常見的英勇的貧下中農，這位婦女原來就是討飯出身的。她並且挽起褲腳來，特意給我看了當日她討飯時被地主的狗咬傷的疤痕。使我不能不想起「青春之歌」還是「金光大道」這一類的小說中的「典型」描寫。可是據她說，當日我的外祖父和他弟弟都是屬於好地主的一類。她說：「你看吧！人家（指我外祖父）可是個斯文人。那時候我去撿場（註：撿拾別人打場時散播地上的麥穗），人家一邊看書一邊看場，不但不咋唬俺這些窮人，到後來還讓俺抱個麥垛子走！」我表弟媳婦接口說：「俺大妗子（指火車頭家）說說，俺這家人家可好啦！」火車頭家道：「外甥閨女（叫我表弟媳婦），憑心說，你這一鄉裡，沒強起你家奶奶（指我外婆）的，多咱拽住我，說話沒完！人家好，人家就是好，光說不行！」一個地主婆，拽住個討飯的說話沒完，可真有點不合乎「社會主義文學」的口味！這個火車頭家也真有點口才，要是受過點教育的話，足可以成為一個社會主義的小說家，因為她那一張嘴似乎是要怎麼說就怎麼說，而且自個兒滿當真事兒似地說給別人聽。火車頭家最後結論道：「你看人家就是好嘛！祖上有蔭德，才積個外甥做大官！」我一聽矛頭指向我來啦，趕緊否認說：「我可不是大官，我只是個教書的！」誰想火車頭家把眼一瞪說：「你甭騙我，你當俺看不出來呢！」

鄉下人真是老實得可愛！無怪乎在文化大革命期間，我舅媽給拉去遊街、跪磚頭，說是她丈夫在台灣幹空軍總司令，鄉裡人也就信了，辯也無用。我舅媽跟隔壁另一個守寡的舅媽意見很深，不相往來，原因就種在那個舅媽在文革期間打過她的落水狗。一個運動來了，在鬥爭慘烈的情況下，是六親不認的。人本來就有以打擊別人來保護自己的本能，如果沒有法律規章的限制，這種本能很容易施展出來；何況是遇到鼓勵人們施展這種惡劣本能的政策，能不變本加厲嗎？這次我也到隔壁去看望了那位舅媽，我的這位舅媽心中是老大不高興的。

鄉裡人到現在仍然是相當蔽塞，所見者少，所怪者多，意識領域非常狹隘。跟城市的居民比較，可說仍然生活在兩種截然不同的世界中。他們依然把不可解的自然現象、人事現象歸之於鬼神。就在我到的前些天，這個村莊中就發生了一樁命案，鬧鬼，鬼附身等都曾發生過，給人說的活靈活現。叫人感到表面上來禁止鬼神迷信，是毫無意義的事。不准祭祖、不准拜神，他們卻有本事把人間全轉化為鬼神世界。一張政治領導的畫像，他們拿來當灶王爺拜。有本事的領導，在農民的心目中，就像能呼風喚雨撒豆成兵的大法師，叫大家懼怕的正是他那種不可理解的法術。如沒有這種心理基礎，任何個人的崇拜恐怕都難以成功的。

我很想盡力去瞭解，體驗鄉人的感覺和情緒，但我自覺在我們中間有一段相當的距離。我本以為我對他們的瞭解比他們對我的瞭解容易得多，其實也不盡然。當我面對著一個積有幾千年傳統風習的老農民，我忽然發現他心中的一些暗角，竟是如此的深沈，使我一時間無論如何也是穿入不進去的。同時我也覺得，除了耐心地等待他自己的意識領域的提升和擴展，誰又有權利去改變他們的生活？既使表面上改變了一星半點，又有什麼用處？

在這幾天短促的居留中，我舅媽給我包餃子、蒸帶紅棗的黃面糕、黃小米粥、煮雞蛋，都是我愛吃的，也都是鄉下人認為的好東西。使我恍然間又回到幼年時「走姥姥」家的光景。我表弟把我引到村頭我外公外婆的墳上，使我可以盡情地大哭一場。我的表弟媳還燒了黃表紙，而且使我又聽到了那種如唱如訴的北方婦女的哭墳。現在本來不興留墳了，可是在村頭耕過的田地裡獨獨有我外祖父家的這座墳，也不知是真是假。也許特意培出來給我拜的，等我一走再平下去。如是這樣，也可憐見我表弟跟村中領導的一番用心了。

我臨走的時候，村中的領導忽然對我說，公社的地毯廠要送我一張價值兩千元的地毯做為紀念。這突如其來的提議著實把我嚇了一跳，趕緊地敬謝不敏！我心裡頭實在正在盤算如何向我的鄉里貢獻點什麼，萬萬沒有料到他們反會有向我送禮的這種念頭。因此除了感謝他們這種我無法領受的好意外，也使我感到在中國，人們多麼易於陷入貪得的處境。因為權勢太容易利用，而對別人「慷慨奉獻」的人也太多了。我從前不太瞭解《儒林外史》中寫范進中舉以後，何以「有許多人來奉承他：有送田產的，有送店房的，還有那些破落戶，兩口子來投身為僕圖蔭庇的」。後來研究了中國的文化背景和社會結構以後，則比較瞭解這種種社會關係和心理因素。這種現象，好像仍然頗為流行，不然所謂的「革命幹部」，就不可能有今天這般異乎尋常的權勢！

我帶著一半辛酸一半留戀的心情依依不捨地離開了這個農村。中國的農村雖說清苦，所以仍有讓人不捨之處，是在困苦中充滿了溫情和本能的樂觀。無怪一個從中國僻遠的農村嫁到巴黎的女孩曾對我說「她在巴黎最快樂的日子還不及她在中國最痛苦的日子快樂」。當然她說的只是她的感覺，並非說她後悔到了巴黎。但是重要的是她指的中國，是中國的農村；她如生活在中國的城市中，恐怕就會有不同的感覺了。中國的農村物質上是很困乏，但比起精神上的侵迫來，物質上的困乏是比較容易忍受的。如果精神上得不到足夠的自由，即使有豐足的生活，也不會有什麼意義的吧！

十七、農村的組織與生產

我所見的這個農村，離車站很近，交通便利，離大城市也不遠，應該是屬於條件比較好的地區。像魏京生自傳中所描寫的西北偏遠的地區，一定比我所見的地區要差得多了。長江以南及廣東省的農村，恐怕就比較更富庶一些。所以不能一概而論。我所見的農村，在華北平原，特別是黃河流域，有相當的代表性。

這個農村只有一百來戶人家，人口也不過四百五十人左右，組成一個生產大隊，前後村又分成兩個生產小隊。計算單位雖然已經落到小隊上，實際的領導卻還在大隊。大隊的領導由支書、副支書、大隊長三人組成。三人都是黨員。因為由黨領導一切的關係，支書是真正的掌權人。大隊長得聽支書的，在這麼小的一個村子裡就沒有任何領導權與決策權了，等於只是掛個名。遇到

我舅媽年已六十歲。

事情，一般上副支書和大隊長都只不過是支書的左右手。小隊長多半由年輕小伙子擔任，負責領導生產。

這個村子原本是相當富有的一個村子，本有土地一千五百多畝，土地充公重劃以後，只剩下七、八百畝。每一個勞動力可以分到六畝地（按：有別的村子不按勞動力而按人口分地的）。從一九八〇年開始以種棉為主，其次種小麥、玉米。每畝可產籽棉三百斤（合皮棉一百一十斤）。去年小麥畝產六百斤，打破了歷年的紀錄。在過去高產田種的小麥，也只達到四百斤。現在一實行責任到戶到人，在多產多得的原則下，積極性馬上就上來了，每畝比以往的高產田都多產了兩百斤。

以我舅媽家為例，一家六口，我舅媽年已六十歲，她的三個孫子、孫女分別為十四、十三和十一歲，都不算勞動力，所以只有我表弟和他媳婦算兩個勞動力。他們去年種了十二畝地，兩畝種夏小麥、六畝種棉花，其餘的為自留地和口糧地，種的棉花可以買糧食。這六畝棉田和二畝麥田算是從大隊包來的。每畝包五十斤皮棉或二百斤小麥和二百斤玉米，此外多收的原則上都歸社員所有。在別的村莊，超產的部分都已直接歸社員，但在這個村莊還稍為慢了一步，超產的部分由大隊以相當於市價三分之一的價格收買（大隊付小麥每斤一角、市場三角；大隊付玉米每斤八分，市價二角）糧食。棉花則由大隊扣除化肥、農藥等後再歸社員。每畝社員可淨賺四十斤皮棉、約八十元。交隊的五十斤皮棉仍可換取三百個公分（約三十元），所以種棉每畝約淨賺一百一十元。六畝就是六百六十元。據我表弟說，八一年以後也要按照其他村莊的辦法，超產的糧食大隊不再以低價收買，包棉花也可能由每畝的五十斤降為三十斤，但不再給工分。中國農民的可愛處（可能也是可悲處），就在不斤斤計較，想到明年改變辦法，今年大隊低價收購糧食所吃的虧也就不問了。放在西方的農民那是辦不到的，十年的老賬也得拿出來重算。

我的住在黃河邊上的另一個親戚，也是一家六口，只種了一畝不到的地。因為可以引黃河水灌溉，打的糧食說是吃不了。地少，都算口糧地，不必交公糧。另外又有餘暇在池塘養魚，搞副業。去年賣魚共賺一萬二千元，除去交大隊的兩千元外，一萬元由參加副業的幾戶平分。他家分了八百多元。加上以前的銀行存款，現已有存款兩千多元，心裡已覺很滿足。他說他每年農活只有三個月，其他沒事幹。因為收入比城市工人好，工作又輕省，叫他去當工人，他也不肯。

一般的情形，農村人口還是往都市流。雖然這一年農民的收入比工人高，但工人是鐵飯碗，又有醫療保險、退休金等，生活有保障。農民則仍然靠天吃飯，要是碰到天災就慘了。但最可怕的還是人禍，就是國家的政策搖擺不定。現在實行生產責任制，多產多得。但是誰也不敢保險黨一看農民生活改善了，眼睛又紅了，又要改變辦法，再加以狠狠的剝削。過去的經驗就是這樣的。有一個電視劇叫做「月亮彎彎」就寫這樣的一個故事：一個老農民在黨鼓勵發家致富的政策下接受了新聞記者的訪問，成為發家致富的樣版。誰知不幾天以後政策變了，黨又在抓走資本主義路線的拔尖戶做為反面教材，又抓到了同一個老農民。不但給抹了一臉黑，連兒子剛訂好的親事也因此砸了鍋。誰願嫁給走資派呀？可是又沒過幾天，政策又變了，又重新鼓勵發家致富了。記者又跑來抓樣版。這時候老農民只有裝病在床，大喊「饒命」！

農村的幹部比一般農民的收入當然好得多。因為幹部除了自己可以種口糧田以外，還有公分補助（所得公分總數都比一個普通社員高），此外還有公家規定的幹部提成（也就是在大隊總收入中提取百分之五由幹部平分）。以我所見的這個村莊為例，去年大隊棉花總收入為十萬元，其中五千元為幹部提成。大隊支書、隊長、會計、保管等都算上不過十人，每人可有五百多元的額外收入。這五百元在大陸可以買一架電視機或三輛自行車，算是一筆不少的收入。這還只是說合理的收入，如果碰到貪婪不法的領導，還可以私下裡弄弄花樣，那收入就沒準兒了。譬如說有些幹部砍公家的樹蓋房，用公家的材料、大吃二喝開銷公款等，都是常事。因為是公家的東西，感覺上似與己無關，群眾無話可說。何況有想說的也不敢說，有權就可治人。所以現在人人都想當幹部，只是當不上。一般的小隊幹部都由大隊支派，大隊幹部則由公社一級的人員在各村的黨員中遴選。非黨員是不能當幹部的。碰到好的幹部算運氣，碰到壞幹部只有認倒楣，沒法罷免。幹部也沒有一定的任期，似乎是一幹上就是一輩子，除非出了什麼大紕漏才會下台。譬如碰上運動，跟錯了路線，那就給虎視眈眈的競爭者製造了機會了。奪權，不但在上級，在農村中也一樣嚴重。人民缺乏對領導監督的能力和制度，也是從上到下一致的問題。沒有制度，空談民主，無濟於事。

如今所實行的責任制，也就等於分田到戶。如果這個政策完全落實了以後，幹部的權力無形中就減低了，所以有許多幹部有牴觸的情緒，對這個政策執行不力。其實有眼光的大隊幹部已開始把未來集體的發展放在副業上。搞副業也等於促進農村的工業化和現代化。但如何跟農業配合，做到促進農業而不妨礙農業的地步，則也不是件容易處理的事。

在農村機械化方面也有許多無法預測的問題發生。例如上面所舉的大隊，有一百戶人家，擁有五輛拖拉機，差不多二十戶就有一部。但事實上並不起多大作用，因為不知為什麼所買的拖拉機都不適宜耕田，只能拿來運貨。運貨本該買貨車，為何買拖拉機？這就是中國農村的怪事。不只是這個村莊，別的村莊也是如此。拖拉機既然不能耕田，一般都包給拖拉機手到附近的城鎮替人運貨，等於替拖拉機手找到一個額外的收入。每個拖拉機手因此每年最少可有兩千元的額外收入。結果在農村中的拖拉機手都可以拿喬、賣乖，也輕易不肯培養新人，深怕頂了自己的位置。

這個村莊附近，我發現碱化的現象相當嚴重，地表上到處都浮了一層薄薄的白碱，井水也相當苦澀。村莊周圍樹木不多，我幼時記憶中的棗行、梨行都不見了。村人告訴我前幾年私人的果樹都充了公，砍的砍，拔的拔，有人弄去建敞棚，有人砍去當柴燒，再加上牛羊啃食，頑童折弄，不幾年都光了。現在我所見的有些指頭粗細的棗樹，都是在允許私人植樹以後近兩年才栽種的。現在各家都有自己植樹的地片，算做自留地的一部分，管理得比較認真。小孩子也知道愛惜自家的樹木，若有羊來啃，就要不客氣地猛趕了。

家畜方面，大牲畜都是公家的，私人沒有。每戶只養些豬羊。據說養豬除了積肥外，並沒有什麼收益，因為豬食相當貴。農民管豬叫小銀行，意思是零存整取。養羊多半是給小孩子們找點事兒做。

在教育方面，這個村莊有一所小學，包括育紅班（即幼兒園）在內，有一百來個學生，三四個教員，都由農民兼任。為了省錢，以前都是以公分支付薪水。現在改為薪金制，每月二十元左右。每天教了八小時的書後，還得回家耕田，才夠維持生活。農忙的時候，只好停課。在這種情形下，教員的程度無法要求，有時候教了一學期發現都教錯了，只有從頭再來，反正農村中的時間並不寶貴，日子好像是永遠也過不完似的。

一般小孩子都上學。有些家長抱怨學費太貴（一年二十幾元），還要買本子、鉛筆什麼的。過去都是一塊石板用到老，現在不知為什麼買不到石板了，學生都用本子、鉛筆、原子筆等。雖然比較現代化，但輪到花錢的時候農民就捨不得。我發現我的幾個表侄都不刷牙。我趁上城之便，給他們買了牙刷，勸他們多注意牙齒。我表弟的牙就蛀了很多，半嘴都是假牙。

據我看起來，農村的生活雖說艱苦，但並不一定比城市的差，而且反有都市所沒有的許多優點：譬如說空氣清新、住房比較寬綽、農活都集中在一定的時期，閒暇較多，生活比較輕鬆，可以享受天倫之樂。也並不一定比歷代的農民生活更差，至少跟我記憶中的幼年的農村很相似。在保健方面也許比以前還有所改進。如果不再像一九五八年成立人民公社時那麼不顧人民死活，瘋狂地強調集體，不一味教條地強調越窮越光榮、越窮越正確，允許人民發家致富改善自己的生活，鼓勵人民經營副業，農村的經濟復元不是無望的。

但一般的情形，農村青年還是眼望都市，因為都市有比較進步的文化技術，代表了一種更豐裕的精神物質兼備的生活。只是由於目前的戶口政策，農民無法任意往都市遷徙。特別過去家庭成分不好的子弟，參軍不參你，招工不招你，考大學不准你，最後只有下田種地一途。

十八、我所見過的城鎮

如果說中國大陸的都市是殘破的，農村基本上保持了原有的狀貌，小城鎮的改變就比較可觀了。我只舉兩個城鎮為例：一個是泰安的縣城，一個是齊河縣的晏城鎮。這兩個城鎮都是我以前見過的，可以做比較。

泰安的縣城在我的記憶中，只是一個極普通的小縣城。路是土路，房子雖然有不少瓦房，但並不多麼起眼。商業也不多麼興旺，只是做為附近農村的一個集散地而已。現在可真大不同了，工廠林立，三四層的高樓不少、路面都舖了水泥，可說是已具有城市的規模。市區中有不少路線公共汽車，班次也相當頻繁。在泰山下還建了一所很大的泰山賓館，專供登山的外賓華僑使用。唯一與一個城市不襯的是商店很少，飯館的質量奇差，衛生是更談不到。這是中國大陸城市的通病，並非泰安特有的現象。這也可以說明了中共的政策是只鼓勵生產，不鼓勵消費。但沒有適度的消費相配合的生產，自然也就會因為缺少刺激和報償而流於一種有氣無力的苦工了。

晏城鎮的變化比之泰安可說是有過之而無不及。因為晏城鎮本來只是因津浦路上的小站而興起的一個村野小鎮。在春秋時代因晏子的關係也許曾經風光過，但在抗戰前後卻不過是一個很不起眼的農村的市集而已。現在因為把縣治遷到晏城來，所以擴大了建設。這一改建，也就使齊河的故城從地圖上消失了踪迹。現在晏城有兩條交叉的寬大的水泥大道，足可容兩排汽車相對行駛。自然目前還很少有汽車經過，所以有些大而無當的感覺。縣政府、衛生院等都是很結實壯偉的建築。還有一所好幾層高（忘了幾層）的大旅館。縣政府的招待所，一間房住兩個人，比北京的普通旅館還講究。我特意到廁所裡去看了一眼，雖然還是敞開的蹲坑式，但打掃得很乾淨。每個坑上還懸了一卷淡紅色的衛生紙，這在都市的公廁中根本就不可能有的。但我不知是不是我去以前臨時裝上去的。

聽說這個招待所還要進一步改進。由聯合國和世界銀行投資的齊禹陵（齊河、禹城和陵縣）改碱計劃明年開始實地調查，將有大批外國專家來此居住，所以現在的煤爐將要改成暖氣，也要加添澡房的設備。本來縣府希望我住招待所，可是我自己堅持要到舅媽家去睡土炕，所以並沒在此過夜。

現在晏城有兩條交叉的寬大的水泥大道。

齊河縣原有人口據縣誌載清初只有四萬多人，到了光緒甲辰（一九〇四）增到二十五萬人，民國十七年（一九二八）又增到二十九萬二千多人。現在又加倍，已達人口五十九萬之眾。縣城（也就是晏城）有一萬非農業人口，其他的五十八萬都是農業人口。現在中共對人口控制很嚴，不但大力執行計劃生育，而且農業人口不能輕易轉換為非農業人口，也就是說鄉村的農民不能像以往似地進城去謀生。目前生產責任制落實了之後，在發家致富的誘導下，農民又感到人手的可貴，是否會影響到未來計劃生育的執行，是一個問題。而且在大男人意識型態的籠罩下，目前服藥結紮的都是女性。偶然要求男性結紮，男人都以對身體不利為借口而拒絕。女人則多半不敢拒絕，否則即由大隊派幾個強有力的男性硬行綑到衛生院去動手術。這種事據說屢見不鮮，大家當笑話說，從未考慮到什麼人權、什麼自由意志等問題。

在齊河全縣約有耕地一百一十多萬畝。原來齊河本為小麥與雜糧的產區，最近幾年則以種棉與小麥並重。因為山東發展起來的魯棉一號新品種產量很可觀，可以畝產萬擔，所以比種糧食有利。在八〇年，因為棉地尚少，全縣只產棉十二萬擔。到了八一年，棉地擴展到三十二萬多畝，所以產棉三十二萬餘擔。另外有六十萬畝種麥。八一年全縣共產小麥一億二千萬斤，平均畝產二百斤。最高的畝產量，有達到八百斤的。八二年棉地可能要擴大到六十萬畝，那時候就等於以植棉為主了。齊河縣一般農村的副業以條編、地氈為主。一般農民的收入仍然偏低，以焦廟公社而論，八一年的每人平均收入（大人小孩均算在內）為二百五十元。

在過去三十年中改變最大的是大都市和農村之間的城鎮，特別是較小的城鎮。因為這種小城鎮在中國廣大的土地上多不勝數，所以還是一個不可輕忽的力量。正是在這些小城鎮中可以看出中國發展的潛力來。這種小城鎮所以能夠比較快速地發展起來，自然是由於廣大的農村的大力支援。因為中共沒有搞好工商業，所以大都市反呈現一片萎縮與蕭條的現象。農村的經濟潛力反在小城鎮中得到表現的機會。但是將來如沒有大城市的工業技術支援，小城鎮的發展還是有限的。

在中國大陸一個非常突出的現象就是商業的凋零。大都市的商業狀況固然離繁榮甚遠，小城鎮及農村中除了定期的市集外，簡直沒有什麼商業活動。這大概跟中共的輕視商業的態度和一手包辦的政策都有關係。中國本來就是個重農輕商的國家，在歷史上不但從不曾肯定過商人的地位和價值，而且商人經常地遭受貶抑和打擊。中共的意識型態更認定商人是資本主義的中堅，為了防止資本主義復辟，非限制商人的活動或乾脆取消商人這一階級不可。我自己在二十歲左右的時候，也有這種輕商的觀念，認為商人是社會中不勞而獲的剝削階層。我一直到研究了西方資本主義的成長以後，才改變了以前所懷抱的對商人的偏見。韋伯（Max Weber）在《基督教倫理與資本主義的精神》（*The Protestant Ethic and the Spirit of Capitalism*, New York, Charles Scribner's Sons，1958）一書中，對商人在西方資本主義發展中所起的決定性作用有過相當具有說服力的分析。其實英國工業革命的主導人物就是商人。如沒有繁榮的商業，就不會有企業性的工業；如沒有商人較受尊重的社會地位，就難以吸收第一流的人才。中國過去的發展，就正好可以做為英國資本主義發展的旁證。韋伯在《中國的宗教》一書中也研究過這個問題。後來由於商人的冒險精神，才有新大陸的發現和海空運的大變革。也只有商人開放型的頭腦才能開出現代社會的規模。中共自當政以後，則完全忽略了商人的作用。如沒有商人，那來工業巨子與大企業家?直到最近，中共才似乎恍然醒悟（但仍然是手段性的），把包玉剛待如上賓。殊不知有幾十幾百個國內的包玉剛都被窒息抹殺了；若不然，上海也不會像今日這般灰頭土臉的模樣的吧！

十九、工人與工作

大學畢業的學生由國家統一分配工作，分配到哪兒是哪兒，分配做什麼就做什麼，自己沒有選擇的餘地。因為是全國性的總分配，也無法顧及到所學是否配合所用的問題。譬如說一面中小學中缺乏語文老師，另一面卻把師範大學或師範學院中文系的畢業生分發到外地機關去做職員。甚至於對在國外留學回去的也是如此。過去學流體力學的博士分到水利學院去教水利，已是人所共知的笑談。但是高幹的子弟及有人事關係的人是否可以走後門呢？那就不得而知了。但最明顯的例子，是有個領導人的女兒，是戲曲學校畢業的，但要去做記者，就做了記者。後來又要做導演拍電影，就做了導演，拍了電影。所拍的片子不是國家電影製片廠出品的，是由並不負責拍電影的中國新聞社出面製片，結果也沒問題。而且可以拍別的導演不敢嘗試的暴露鏡頭，也沒人批

爲了解決待業青年的問題，似乎也開放了些服務性的職業，像小飯館啦…

評。拍完了且立時可以拿到香港去上映。所以說規定歸規定，例外恐怕也不少。

但是這種硬性由國家分配來的工作，也是求之不得的。因為一分配了工作，就是一輩子的鐵飯碗，不管工作做好做壞，誰也動不了你。自然要想更換工作，也是難如登天。因為大學畢業的必由國家分配工作，而一考進大學又必會畢業（當然中間被開除的也有。我在北大時就見學校的佈告，因偷竊罪開除了幾名學生），所以一考取大學就等於有了飯碗。考大學競爭之激烈就可想而知了。考不取大學的只有自己想辦法謀職；謀不成職的，叫做待業青年。

待業青年就是相當於西方國家的失業青年或無業青年，不過沒有失業保險，也沒有政府的津貼。這種青年實際有多少，沒見統計數字。為了解決待業青年的問題，似乎也開放了些服務性的職業，像小飯館啦、小攤販啦什麼的給待業青年做。但數量畢竟是極有限的。有些青年在工廠打零工，或在街坊鄰里間找點零活幹。有些則投入在普通社會所謂的互通有無的行商，但在社會主義社會卻叫做「投機倒把」的勾當。其中有些自然幹的是真正的走私非法品的活動。另外一大部分則成為大都市中的流民，製造了不少社會問題。不過任何社會上的犯罪事件從來不會見報。譬如說我在北京時，前門外發生了一件出租汽車司機發狂撞死四、五個行人，撞傷二十多人的大案，一直到這名司機給判了死刑槍決的時候，才在報上登出來。

在普通的情形下，父母親屬都很關心自家子弟的就業問題，因為誰都知道長期待業不但影響生活，而且遲早要出問題。大家都懂得如何託人情、走門路，千方百計地把自己的子弟好歹塞進一個工廠去幹活。我有一個親戚，開始也是待業青年，後來託人在某工廠的廚房裏找到一個打雜的工作，進而成為二廚。因為跟工廠的文書熟悉了，不久就轉為實習工，三年出師，現在已成為正式工人，月薪三十大元。

另外我所認識的一位朋友，因為家庭成分不好，家裏成員中有大右派、反革命，而且有判成死刑的，高中畢業後就分發到農場去種地餵豬。文革時還是沒有脫掉戴帽子、掛牌子、遊鬥、坐飛機、住牛棚等苦刑。受這些苦刑時才不過是個二十來歲的大孩子，只因為受了家庭成分的拖累，就在劫難逃了。像他這種成分的人，文革後當然不容易找工作。幸好他父親的一位老朋友擔任了某文化機關的首腦，念在故人的份上，下條子硬是把他塞進去當了編輯。他說：「憑我，要資歷沒資歷，要經驗沒經驗，中國的事只要有人就成！」可是他工作努力，寫的一手好文章，思想又清楚，又知上進，當個編輯實在說都嫌委屈了。可是若沒有人呢，像這樣的青年在中國大陸的社會中還不是白白地犧牲了！

我的另一個親戚，原是革命老幹部，現在已到了退休的年紀，卻不肯退休，說是還要為革命貢獻力量。他有個姐妹就說他：「屁啦！他還能貢獻什麼力量！他死賴著不走，不過是因為還有個小女兒沒找到工作。你看，他不是把自己的兒女都塞到重要的位子上？有這種人當幹部，中國能強嗎？」這種情形是一種普遍的情形。中國本來就是一個家族意識極強的社會，開店的開家庭店，開工廠的開家庭工廠，搞政治的自然也搞家庭政治。這不是一個個人的問題，而是一種從上到下被傳統確定了的根深柢固的意識型態。共產黨的同志愛，到最後發現是無根的空話，還是不如被巴金、曹禺等大力抨擊的封建而黑暗的家庭有力量！兄弟固然可以出賣你，但同志更不可靠，而且一翻臉就置你於死地，這倒是兄弟間輕易不容易做得出來的事。同志有時也對你很親熱，有時也可彼此維護、彼此幫忙，但仍抵不上家庭成員間那種無償的協助來得真切。所以雖然經過了三十多年的意識型態上的家庭革命，中國的親屬關係在共同營私舞弊上所表現出來的團結力量與過去一樣的鞏固！這恐怕真要等到社會下層建構改變以後來影響上層的意識型態了。

一般工廠的工人工作並不積極，如與西方、日本或香港、台灣的工廠比較，恐怕差得多。從前沒有物質刺激的時期自不必說，現在工廠都增添了獎金紅利一類的額外收入，但聽說因為分配太過平均化，仍然無濟於事。現在若想再靠著一朵大紅紙花來提高工人的積極性，那簡直是做夢了。好像忽然間工人的眼睛都擦亮了，把一切都看穿了似地。從前的工人也並非就真正糊塗，而只是好像被魔術師催眠了似地，明知其假，可就糊裡糊塗地跟著走了。現在還有些領導人，不知是出於真正無知，還是出於習以為常，仍然在唸些早已不靈了的咒語，恐怕不獨不會起積極作用，將來要給人當作笑柄了。時代的確在改變，將來恐怕會繼續改變。因為現在中國的工人還不太清楚西方工人的工作和生活情形，也不知道西方工人擁有的權利和福利；一旦知道了，就不會再這麼安份。大多數工人，甚至於知識分子在內，對西方的認識還都停留在馬克思的時代。他們所想像的西方工人是狄肯斯筆下的人物，無法想像到這一百年的社會變化在西方是巨大的。十九世紀英國有些地方，像Orkney的地主還享有其佃農女兒新婚的初夜權，現在還能存在嗎？這也就是為什麼中國在向西方開放的同時，又很害怕面對西方的現實，因為馬克思據以立論的社會基礎和經濟關係，早已經大大改變了面貌。但總有一天中國的工人會瞭解到在西方受資本家剝削的工人是如何生活的，那時候任何高明的咒語怕都無濟於事了。

現在的工廠雖然有廠長，還是支書領導制。廠長是偏重於技術的，支書是偏重於政治的。如果廠長兼支書，把技術與政治合而為一，自然沒有問題，但一般的情形不容易這麼湊巧。經常的情形是專的不夠紅，紅的不夠專，因為兩個方向的心理導向差別很大，如若跟西方的工業界比，紅與專的問題就是中國工業發展上難以突破的障礙。西方沒有紅的問題，可以只講專。如果你是專家，精於某一種技術，就有人聘你做領導人，或是從事研究，或是從事生產，也沒有人懷疑你的立場和意識型態。所以專業工作可以吸收有能力、有野心的青年。在中國學好了技術，仍不免為人所治，低人一等，還沒有不學無術只會喊口號的人權大。在這種情形下，有野心的年輕人誰肯去鑽研技術呢？

這種矛盾是由社會主義政權的性質決定了的。中國是社會主義國家。社會主義國家自認為走了一條與資本主義國家極不相同的路線，把資本主義國家看做是假想的大敵，時時得提防走資派的破壞。在潛意識中認為所有先進的知識和技術都是來自資本主義國家的，因此專精技術的人員，本身就值得可疑，非得由一個忠於社會主義路線的紅彤彤的人物來監視來領導不可。在邏輯上說，既然有技術的都可疑，那麼不可疑的必定沒有技術（最好也沒有知識）才行。在這種意識型態下，勢必要產生紅與專的對立，外行領導內行的問題。這是在理論的層次上。在實際的層次上呢，因為早期參加革命的老幹部，以及第二代的核心幹部，多半是延安時代的鄉民，幾乎都不懂現代的任何技術問題，也不具備現代的工業社會知識，但這些人卻大權在握。在他們周圍的人，和他們認為可靠的人，自然多半是同一類型的人物。這種人的特色是自以為最能代表人民的意志，對革命事業又立過汗馬功勞，現在當然應該當家做主。對自己不瞭解的事物，拉不下臉來向人請教。遇到比自己懂行的，反覺得威脅到自己的權威，不由自主地就產生一種厭惡憎恨的心理。這也是造成知識分子和純技術人員遭忌和不被重用的一大實際原因。在這種情形下，改進技術、提高生產，都相當困難。不然的話，在西方資本主義國家動輒罷工、失業並重、經濟不景氣的情形下，中國不乏有急起直追的機會。但是因為中國本身的問題更加嚴重，所以跑起來更是有氣無力，不但追不上西方的工業發展，而且差距會越拉越遠。

中國也有工會的組織，只是性質與西方的完全不同。西方的工會是代表工人同資方對抗的，也就是結合分散的力量組成一個足以與資方抗衡的力量。中國的工會則是由黨控制的組織，也就是說代表資方對工人加強管制的機構。工會對工人瑣碎的福利當然也會照顧，但絕不會代表工人與廠方對抗，更不會組織工人罷工。工會的主席一職，也是非黨員莫辦的，仍歸黨委領導。

工人上下班也有嚴格的規定，不能遲到早退。但因為是鐵飯碗制，辭退不得，遲到早退了又該如何呢？豁出扣薪去，也就不怕了。一般工人有權請病假，只要有醫生的證明就成，而醫生的證明並不難開。有一個請病假來看我的親戚，我問他怎麼請准假的，他說有醫生證明。我說：「你明明沒病，怎會有醫生證明？」他說：「我認識一個護士，就成了。」他又解釋道：「大家都是一樣，睜一隻眼，閉一隻眼。」

順便一提的是公保醫療制度辦得還不壞，但是造成很大的浪費。多少認識醫生或護士，就可以隨便拿藥。有些人拿了不用任意丟棄，反正大家覺得是公家的東西，沒人覺得可惜。工廠的材料有時也會被人竊取。有人告訴我，有一家工廠因為常常遺失材料，支書叫守門的門房對工人施使人身檢查。恰恰這個門房是個倒楣的知識分子，並沒有把支書放在眼裡。文革時雖然給整得七死八活，現在平了反也不怕了。不但不肯執行支書的命令，反倒叫支書自己來檢查。支書說：「我又不是門房，怎麼可以做這種事兒？」門房說：「光叫我檢查工人有什麼用？前天不是有人把獎給工人的西瓜搬了兩個回家？」支書無話可說了，因為搬西瓜回家的正是支書本人。

二十、家庭生活

從五四以來，受過西方文化影響的中國知識分子，總把中國的家庭制度看做是封建意識的淵藪、中國前進的絆腳石。他們當時的這種看法，站在現代化的立場上看，並沒有什麼過分。問題只在一種社會制度的建立與演變，並不是只以人的意志好惡為轉移的。在一種制度還有其社會功用的時候，它就不會自行消失。經過三十多年有計劃的宣傳和社會結構的重整，大家族的有形組織是消弭無踪了，但是無形的聯繫依然存在。至於小家庭中的人際關係，變化實在很小。父權和夫權仍然是家庭的支柱，年輕人依然生活在老年人的頤指氣使之下，沒有什麼獨立自主的可能。特別是經過文化大革命，年輕人在詭詐的老年人的誤導下，暴露出來的只是無知、狂暴、與報復性的殘忍，完全沒有發展出青年人的創造活力和開放精神。這就更給予年長的人一種重操大權壓制年輕人的口實。因此常常聽到老年人對年輕一代的指責與輕蔑；甚至有的老年人以為等他們這一代過去，中國就要滅亡了。最可悲的莫若有些老年人憤世不恭的態度，好像中國滅亡了正好，算是給這些兇暴無知的年輕的一代一種應得的報應！十年文革，年長的人是受了年輕人的大氣了。一個十歲的孩子，回到家來就可以理直氣壯地鬥他的父母。我認識一個人告訴我說，文革的時候，他的十歲大的女兒，罰他站在一張椅子上，用棍子抵著他的胸述說他的罪狀，幾個鐘頭不准下地。這是對自己親生的父母，對別人的父母，那就更不用說了。小孩子打死成人的事例也不少。今日年長的人在苛責青年人之餘，有幾個人肯面對歷史的真實，想一想文革的全部過程難道不是老年人的頭腦裡構想出來的一種毒計？

因為文革所造成的反作用，目前的家庭組織和家庭中的人際關係又趨向於恢復傳統。特別是婚姻制度，在奮鬥了三十年的自主權之後，農村中的婚姻又漸漸落入父母的掌握。因為婚姻由父母掌管，比起由幹部掌管來還要好一些。多數的情形是由媒人牽線，父母決定的。中間經濟的報償也依然如故。一般情形，男家沒有一千元是難以娶到媳婦的。另外有的還要三轉四轉（手錶、縫紉機、自行車、收音機等）的聘禮。有時還得蓋新房。也還真有公開買賣婦女的。我下鄉的時候，在來看我的親戚中，發現一個說四川話的小女孩兒，看樣子也不過十七八歲吧！我問她的年紀，她硬說是二十歲。她的愛人已經三十五六歲了。後來聽人說就是四川逃荒出來被人賣了的。

她愛人家把她看得很嚴，不管到哪裡都有人跟著，怕她偷跑了，因為四川的人販子常常會把同一個女孩兒賣好多次。想想看，現在的婚姻制度，在男家花了大錢的情形下，來提倡女權就難了。在夫妻之間連起碼互信的基礎都沒有，除了把女人當發洩性慾和生孩子的工具之外，不知還有些什麼別的意義！

也許有人會問：不是有婚姻法嗎？如果問出這種問題來，那就太不懂得法律在中國人心目中的地位了。在廣大的農村中，能夠從文字上看懂婚姻法的人已經不多，不用說來體會婚姻法的精神了。何況大家都知道誰說了話算數。上頭不是說過嗎？「階級鬥爭是綱，其他都是目，綱舉目張。」遇到婚姻上的糾爭，正像處理任何糾爭一樣，先看階級成分，誰去管法律不法律。都市裡都如此，何況鄉下了。在農村中一般是當權的幹部說了算，別人有理也白搭！

在都市裡包辦的婚姻自然不多，對象是自己來找，至少也要當事人同意的，可是錢仍是父母出。二十多歲三十歲不到的人，有千元存款的還不多。結婚的排場又漸漸恢復，在飯館中請上十幾桌酒席的也不稀罕。我就有好幾次在飯館中碰上人家的婚筵，看見大碗小碟，雖然不能跟港台的婚筵相比，但以中國的標準而言已相當奢侈。我也特意參加過兩次婚禮，一次是在街上碰到，就逕直走進去向新人賀喜。吃了喜糖，問了不少問題，還給新人照了像。另一次是我親戚家的鄰居。我經過那裡，見門口高搭蓆棚，正在臨時建的土灶上大煙大火地做菜，一問原來是婚禮。我就老實不客氣地參加了。那婚禮才真有意思，比戲演得還好。當做禮堂的屋子極小，擠了二三十個人已經沒有轉身的餘地了。主人特別優待我，讓我站在新人的左近。也有證婚人和介紹人，證婚人好像必須是公職人員或黨員才行。婚禮開始的時候，司儀為讓大家都瞧得見，便跳上一把椅子，拿一張大概是官方規定的文件照單宣唸。其中唸出的白字不少。在唸到新娘的名字時，司儀把「媛」字唸成了「暖」字，別人糾正了他。過了一分鐘，他又把「媛」字唸成了「暖」字，又有人糾正他，於是司儀生了氣、紅了臉說：「暖也好，媛也好，到了晚上還不都是一樣，有什麼關係！」說得眾人哄堂大笑。以後的節目保持了結婚是齣鬧劇的習慣。其中拜見公婆也跟從前一樣，不過改磕頭為鞠躬了。我見新房裡的家具都是新製的，最札眼的就是床上堆疊的八床棉被。可聽說再講究點的就要十六床。這麼多棉被，夠蓋一輩子的了！大概北方天氣冷，就怕凍著了。可是這麼擠的間小房子，要找個角落堆放八床或十六床棉被還真不容易！

結婚以後，如果自己沒有配到房子，也只好擠住在父母家裡。在都市中房子擠，父母家裡有時也不一定擠得下，所以有的人在配不到房子前只好不結婚。這是個很麻煩的問題。二十多歲的成年人尚未結婚的太多了。要是在西方，恐怕早就造成了性爆炸。幸好中國人比較清心寡慾，再加上營養差，發育得比較遲，尚能按捺得住。但問題一定不少，只是報上從來不登罷了。有人告訴我，到公園裡去，如見有兩部自行車的前輪相交，就表示附近有人幽會，最好不要去打攪。這一點倒是非常文明。

為了有效地控制人口問題，提倡晚婚，規定男子結婚的年齡為二十八，女子為二十五。就動物正常發育的情況來說，這當然是種違反自然的規定，只是現在還沒有弄清楚結婚是否就是性關係的同義語。在目前避孕方法比較有效的情形下，性關係和生育應該不必與結婚連在一起。可是人的道德意識總追不上社會情況的變遷，因此憑白製造了更多問題出來。

在家庭中重男輕女的觀念還是非常嚴重。這種觀念並非獨由男人來維持，女人維持這種觀念的態度似乎更為具體而堅決。做母親的如果沒生出兒子來，就感到非常遺憾。在兒女群中，母親也似乎比父親更加偏愛男孩。當然對父母的照顧，所要求於兒子的責任也比較大。不過據親友告我，目前都市中跟女兒同住的老年人日漸增多，男人對老年人似乎沒有女人那麼體貼盡心。

如果父母的房子寬裕的話，一般的情形是保留一個結婚的兒子和未婚的兒女，其他已婚的兒女都分出去住。在都市中由於年輕的婦女也多半上工廠做工，婆媳的關係與過去的情形不太相同，和睦的自不必說，不和睦的那就不一定是婆婆虐待媳婦，媳婦虐待婆婆的也很不少。那個佔上風，就要看誰的本事大了。不過由於傳統老人當權所形成的固有觀念，一般輿論多偏向婆婆一方，遇到兩代間的糾紛，寧肯犧牲年輕的，不犧牲年老的。

都市裡因為房子多半都很擠，隱私是沒有的，父母的臥房裡總睡幾個未成年、甚至已成年的孩子。就以我的親戚而論，有一家父母睡裡間，已成年的兩個兒女睡外間。有一家把房子隔了又隔，套了又套，結果變成大間套小間，除了父母外，住了已婚的兒子和四個未婚而已成年的子女。另一個在中學教書的，夫妻二人帶一個十歲大的女兒佔用了學校一間小小琴室，其中擺下一張床外就再也沒有餘地，當然三個人睡在同一張床上。比較好的可能有兩間臥房，一間住父母，一間住子女。當然高級幹部、一二級作家、大學教授的公寓都是廳房廚浴廁俱全，子女們可以有自己的臥房。這畢竟是少數了。比較起來，鄉下農民反比較寬敞，已婚的子女多數都有自己的臥房。

在都市裡還有一個極不方便的問題，除了公家的建築以外，私人的住宅一律都沒有廁所了。原因是現在沒有了掏大糞的。公家掏糞的，只掏公廁，不掏私廁，因此住私人住宅的都得上公廁。幸好公廁每街都有，還是前邊是尿池後邊是大通間蹲坑的老模式。住在親戚家的時候，我自己也去試過了。好久沒有這種蹲公廁的經驗，驟然當眾脫褲是有點不舒服，因此都是晚上摸黑去。公眾的地方一律都沒有電燈，真是漆黑一片，就是緊鄰而蹲，誰也保證看不見誰，不過得備一個手電筒，不然一腳踩進洞裡去，可就有好瞧的了。

各處的公廁清潔的程度很不一致。我所見過的最乾淨和最髒的公廁都是在遊覽地區。長城的公廁，不但乾淨，還灑了香水，一進廁所就撲鼻香。這可說是為了觀瞻問題，集中全國力量而為之，是絕無僅有的一處。最髒的是泰山頂上招待所的公廁，雖然是隔成的單間，一拉門才發現無立腳之地。幸虧我只在那裡住一夜，我自己一向腸胃健全，控制得住，所以不致出問題。我所不明白的是，中國人口這麼多，又有這麼多的待業青年，為什麼廁所無法打掃乾淨呢？重金之下，難道沒有勇夫嗎？是不是光想剝削臭老九的勞力，把知識分子下放去打掃廁所，結果是越打掃越髒！

比較起來，農村的廁所反倒算是乾淨的。農家多利用院子角落，隔成個露天茅房，因為積肥的關係，經常剷除打掃。再說，農村中村邊野地隨處都是廁所，就是沒人打掃，自然的風雨就清洗了，所以在農村隨地小便、隨地吐痰都算不了什麼。但如果把農村習慣帶到都市來，那就造成了叫人無法忍受的衛生問題了。

在都市中，除了廁所的問題外，廚房也是個麻煩。像北京、上海、天津、濟南這些大都市，除了高級幹部外，獨門獨戶的可說已經沒有。過去那種老式的四合院，每一個院落都住上少說有二三家、多至五六家的人口，都成了大雜院。廚房都是幾家合用的。公寓的房子，也很少自成單元的，常常只有自己的臥房，廁所、廚房都要跟鄰居合用。這真得要佩服中國人的耐性了。西方的婦女把廚房視為獨立王國，女兒的母親不准進，母親的女兒不能摸，這在中國絕對辦不到。做飯的時間都差不多，你礙著我、我礙著你是免不了的。我真懷疑中國人現在這麼喜愛鬧鬥爭，是不是在鍋台間碰出來的一口氣？

三代同堂的現象還是相當普遍。

在家庭生活中，現在有一點與過去顯著的不同。過去每一家都寄生了幾個游手好閒的懶鬼。如果老子有錢有勢，兒子自然不必工作；兄弟間有一個出頭的，其他的也都跟著沾光。現在可不行！除了實在找不到工作的待業青年外，家中的成年人都得出外工作。由於是低薪制，父母的收入養不了兒女，丈夫的收入養不活妻子，大家勢必都得為自己謀生不可。在這種情形下，經濟生活上的獨立性要比過去好多了。只是意識型態上的獨立性，由於政治教育盡往服從那一方面拉，還不曾建立起來。

雖說目前是小家庭制，三代同堂的現象還是相當普遍，就是一對成年的夫婦和自己的子女外，捎帶一個或兩個老人。多半的情形還是男方的老人。在都市裡與女方老人同居的現象有日漸增加的趨勢，不過若是獨子，男方的老人尚在，那就沒有女方老人的份了。老人進養老院的風氣還不太普遍，多半缺兒少女的人才進養老院，否則老少雙方都會覺得心裡不舒貼。這種老少同堂的現象，自然一方面來自一種相沿成習的傳統習慣，但另一方面也表現了在一個彼此猜疑、彼此傾軋的社會中的一種自然團結。親人間可以相濡以沫，可以在精神上情感上相互支援。在政治運動中，只有在親人間才可以披肝瀝膽，而不會、或少有遭受揭發的危險。在重要的關頭，也只有最親近的人肯於挺身而出。我有一個親戚，在文革中被打成黑幫。在眾黑幫動輒遭受毆打的情形下，她沒有遭到很大的人身折磨，主要的就是她有一個十八歲的小兒子，平時不愛念書，就愛打架，打起架來是以不要命出名的。這時候放出話去，誰要敢打他的母親，他就不要命了。而且每次開鬥爭大會，這個兒子都兩眼通紅地守在現場。革命小將固然厲害，可也怕遭受人身報復，只好放他母親一馬。

中國人本有根深蒂固的家庭倫理生活，在目前沒有多少快意可享的情形下，天倫之樂還是唯一合法而真實的一種快樂！

二十一、我的第四個困惑

我們常常聽說馬克思主義者或唯物論者都是反對迷信的。所謂對宗教的崇信與民間的迷信有時是很難分的，因為二者都來自對不理解的自然現象或精神狀態的一種敬畏心理。那麼政治上的迷信和對政治領導的崇拜，豈不也是來自一種對自己不理解的社會現象和心理狀態的敬畏心理？又算不算迷信呢？

在文革期間，中國人民舉國奉行的早請示、晚匯報、跳忠字舞、唱領袖歌、讀語錄、背語錄，人與人交談前必以引語錄開始，家家必請領袖像，比請灶王爺還要普遍，人人都得佩帶領袖章等等狂熱到反常的行為表現，只能說那時候中國人都患上了一種奇怪的熱病。但是在文革已經結束了多年，四人幫也已打倒定罪以後的今日，政治迷信仍然瀰漫全國。傳統表示屈從的代號「敬愛的××領導」依然掛在每個人的嘴上。在人與人的接觸中，只要一涉及到政治性的問題，人們馬上先向左右瞟上幾眼，或立刻噤口不言，一若猶恐冒犯了神祇一般。我相信中國統治者的特務密探不可能遍及全國，到了路人目示的地步。所以有這種現象，完全是一種迷信的心理作祟。政治及政治領導已代替了神界與神祇的地位，因此一觸及到這方面，馬上就產生一種敬畏的心理反射，就如初民之不敢冒犯鬼神一樣，並非鬼神當真有偌大的統治力量，而是人們自己的心理在不由自主地統治著自己，每一個人對自己對他人都成了個潛存的特務。看了這種驚恐的心理狀態，不能不令外來的觀察者發生無限的感慨。難道這就是革命以來大力破除迷信的結果嗎？難道說這就是所謂的精神解放嗎？

但是最引起旁觀者憐憫之情的，是這種不可理喻的敬畏心理的極度擴展，以致把理性壓縮到不發生作用的地步。在生活中已失去了自發自動的活力，在決策時也全沒有自行判斷的能力，人人都成為一種人云亦云的應聲蟲，而鮮有人再抱有以此為恥的自覺。這種真實得震撼人心的中國人的處境，如何能稱之為具有革命的自覺呢？

二十二、結語

做為一個在西方生活了二十多年的華僑，初次返回中國所見到的及所特別注意的現象，可能是原來生活在中國而未嘗稍離的人所不曾留意到的。做為一個原來在中國出生、在中國長大而又洞悉中國語言、歷史、文化與社會風習的人，在中國所觀察到的現象，也必定有許多細節是初到中國的西方人士，不管學了多少年的中文或讀了多少中文書籍，所難以觀察到或分析得出來的。但是觀察者資格上的優點，同時也就具有了因同一種資格而產生的局限。多年旅居西方的經驗，不免容易拿中國的社會現象與西方做比，而帶出苛求的眼光。另一方面，因為在中國出生長大，就無法具有純西方人那種置身事外的冷眼，不免夾雜了情感的成分。所以優點與局限二者都存在在同一個觀察者的身上，是不容否認的事實。聰明的讀者，認清了作者優劣兩方面的條件，自會根據自己的身分，選擇一個適度的距離，來突破作者主觀的判斷，領會到客觀的真實。

我自己很明瞭我的優點和局限，也企圖多利用優點而少受局限的範繫，也就是說一面能見到人之所未見，一面又保持了不受情感和好惡所干擾的客觀性。但是我也不能假裝我到中國以前，心中是一張點墨不染的白紙。這二十多年來，雖然身居海外，卻心繫中國，無時不對中國所發生的一切加以注意與關懷。除了經常閱讀中外報章雜誌對中國的報導外，也接觸過不少由中國出來的同胞和訪問中國歸來的西人和華僑。由於中國近三十年來天災人禍踵接頻仍，所讀到聽到的消息總是令人憂者多，而令人喜者少。這就更加強了我到中國去親自印證的決心。我相信我在中國所經歷的這四個多月中，曾盡力擺脫掉先有的任何成見，一心想客觀地印記下我的觀察。做為純粹的一個國外遊客而論，我所受到的接待是熱情的，我所經歷的事件也覺新穎而刺激，正是一個旅遊的人求之不得的經驗。我無所抱怨。但是我畢竟不是一個純粹的遊客，中國是我的祖國，那裡是我的先祖埋骨之地，那裡仍然生活著我無數的親人，我也多麼希望有一天能再回到自己的國土去定居、去安葬。因此我就不能只以一個遊客的眼光來觀察中國，而不能自己地把自我移入國內同胞的心田中。我自問：「如果我住在國內的話，我會有什麼遭遇？我會有什麼感覺？」「當下大多數中國人的遭遇和感覺又如何？」在問到這樣的問題上，又不能不與世界上其他的地區做比。除了西方世界以外，還有東鄰的日本，以及同是中國人所經營的台灣、香港和新加坡。如果中國的現狀並非人類唯一的生存處境，這種比較就是不能避免的。不但在西方居住過二十多年的人會有這種不自覺的比較，就是從來不曾到過國外的中國人民，也在千方百計地打探外界的消息，希望能夠對自己處境優劣的衡量有所借鏡。這種比較實在有助於中國的提升，而絕不會因此使中國更加墮落。在做過這種比較之後，就應該引起相當的自我反省：這三十年來中國是否走了彎路？或甚至走入歧途？這三十多年的成就在哪裡？失敗又在哪裡？不錯，中國人民已經脫離了帝國主義的侵凌，贏得了民族的獨立。可是細想起來，這不過是今日世界的潮流與大勢所趨。有哪些曾被欺凌的國家沒有贏得獨立呢？印度沒有嗎？韓國沒有嗎？馬來西亞和新加坡沒有嗎？拉丁美洲和非洲的國家沒有嗎？所以看來獨立並不是難事，難的是如何給人民豐足的生活和建立民主自由的制度。

自鴉片戰爭以後，中國陷入了列強的環伺欺凌之中，當時的革命志士無不懷抱著急切的救國救民的大志。到了五四運動時期，更明確地樹立了以「民主」「科學」救國的口號。但是為什麼三十年後卻走上了專制與迷信？而且竟有人蠻悍地不以專制迷信為恥，反嘲笑民主自由是西方世界資本主義制度下的產物。難道馬克思主義不是西方世界資本主義的產物嗎？中國今日在堅持馬克思主義的教條時，卻完全不理會客觀世界的變化。現代的資本主義，又哪裡是馬克思時代的資本主義？現代的西方社會，又哪裡是馬克思時代的西方社會？這一百年受益於馬克思教訓的，不是東方的中國和蘇聯，反倒是西方的歐洲和美國。由於馬克思對資本主義嚴苛的批評和經濟與社會的自然演化，終於逼使資本主義走上工會制度與福利社會的路徑，達成了一種不犧牲自由的平等。今日勞資的關係已遠離了馬克思所分析的情況，今日世界的變動也遠出乎馬克思的意想之外，死抱住馬克思的觀點做為觀察世界的基點，只有造成誤導與誤信，如何能認清當下的世界呢？如無法認清當下的世界，又如何把中國導向正確的路途呢？如果到現在仍堅持專制優於民主、混亂優於法制、迷信優於科學、控制優於自由，那不是自欺欺人、大開歷史的倒車嗎？

我們不能聽信某些表面上同情中國而骨子裡抱有民族成見的西方人士的宏論，就認定民主與自由是不合乎中國國情的體制，只是西方的產物，也只有文明的西方人才配享受。民主和自由是沒有國際民族界限的，正像人類文化中任何優秀的體制不會有國家與民族的界限一樣。日本人採用了中國的文明制度，獲得一度躍進；又接受了西方的文明制度，獲得再度的躍進，並未受限於本體的民族與文化，足見民主自由不合中國國情的論調，不是別具用心，定是欺人之談。中國人不但應該享有民主與自由，而且如不走上民主與自由的道路，就不可能與其他享有民主與自由的族類長久地共存在這一個地球上。如果說中國人民不喜歡或不在乎民主自由，那更是欺人的謊話。那些不惜拋棄自己的祖國、甘冒生命的危險泅游到香港、寧願忍辱寄生在異族腳下的人，不就是明證嗎？如果敢於開放邊境，任中國人民自由選擇的話，看有多少人會湧到香港去？誰不愛自己的祖國？誰不愛自己的誕生之地？但愛民主與自由勝於愛祖國，也勝於愛自己的生命。要知道祖國的意義，只能建立在個人的生命之上。如果你不曾出生在某地，你怎會有祖國呢？生命又是建立在自由的抉擇上。如果生活中失去了那足以使生命成為一種榮耀之主體的「自由」，生命對我們還有什麼意義呢？生命固然可貴，還沒有可貴到以做奴隸的代價換取生命的地步。所以沒有自由的生命，是雖生猶死。民主制度就是保障人民自由的唯一可行的制度，這是最近的半個世紀以來世界上的變動足以證實了的。那麼有什麼理由不把民主與自由建立在中國的土地上？連封建意識、軍國主義比中國都更為強烈的日本，都可以運用民主制度為國民謀幸福，中國為什麼不能呢？只為了堅持馬克思的教條，就拿中國的前途和人民的幸福做為祭品嚒？只為了保障少數幾個自私而衰頹的老人的權位，就拿中國的前途和人民的幸福做為犧牲嚒？不能！絕對不能！

馬森著作目錄

一、學術論著及一般評論

《莊子書錄》，台北：台灣師範大學國文研究所集刊，第二期，一九五八年。

《世說新語研究》，台北：台灣師範大學國文研究所，一九五九年。

《馬森戲劇論集》，台北：爾雅出版社，一九八五年九月。

《文化・社會・生活》，台北：圓神出版社，一九八六年一月。

《東西看》，台北：圓神出版社，一九八六年九月。

《電影・中國・夢》，台北：時報出版公司，一九八七年六月。

《中國民主政制的前途》，台北：圓神出版社，一九八八年七月。

馬森、邱燮友等著《國學常識》，台北：東大圖書公司，一九八九年九月。

《繭式文化與文化突破》，台北：聯經出版社，一九九〇年一月。

《當代戲劇》，台北：時報文化出版社，一九九一年四月。

《中國現代戲劇的兩度西潮》，台南：文化生活新知出版社，一九九一年七月。
《東方戲劇・西方戲劇》（《馬森戲劇論集》增訂版），台南：文化生活新知出版社，一九九二年九月。
《西潮下的中國現代戲劇》（《中國現代戲劇的兩度西潮》修訂版），台北：書林出版公司，一九九四年十月。
馬森、邱燮友、皮述民、楊昌年等著《二十世紀中國新文學史》，板橋：駱駝出版社，一九九七年八月。
《燦爛的星空──現當代小說的主潮》，台北：聯合文學出版社，一九九七年十一月。
《戲劇──造夢的藝術》，台北：麥田出版社，二〇〇〇年十一月。
《文學的魅惑》，台北：麥田出版社，二〇〇二年四月。
《台灣戲劇──從現代到後現代》，台北：佛光人文社會學院，二〇〇二年六月。
《中國現代戲劇的兩度西潮》再修訂版，台北：聯合文學出版社，二〇〇六年十二月。
〈台灣實驗戲劇〉，收在張仲年主編《中國實驗戲劇》，上海：上海人民出版社，二〇〇九年一月，頁一九二─二三五。
《台灣戲劇──從現代到後現代》（增訂版），台北：秀威資訊科技，二〇一〇年十二月。
《戲劇──造夢的藝術》（增訂版），台北：秀威資訊科技，二〇一〇年十二月。

《文學的魅惑》（增訂版），台北：秀威資訊科技，二〇一〇年十二月。
《文學筆記》，台北：秀威資訊科技，二〇一〇年十二月。

二、小說創作

馬森、李歐梵《康橋踏尋徐志摩的蹤徑》，台北：環宇出版社，一九七〇年。
《法國社會素描》，香港：大學生活社，一九七二年十月。
《生活在瓶中》（加收部分《法國社會素描》），台北：四季出版社，一九七八年四月。
《孤絕》，台北：聯經出版社，一九七九年九月，一九八六年五月第四版改新版。
《夜遊》，台北：爾雅出版社，一九八四年一月。
《北京的故事》，台北：時報出版公司，一九八四年五月，一九八六年七月第三版改新版。
《海鷗》，台北：爾雅出版社，一九八四年五月。
《生活在瓶中》，台北：爾雅出版社，一九八四年十一月。
《巴黎的故事》（《法國社會素描》新版），台北：爾雅出版社，一九八七年十月。
《孤絕》（加收《生活在瓶中》），北京：人民文學，一九九二年二月。
《巴黎的故事》，台南：文化生活新知出版社，一九九二年二月。
《夜遊》，台南：文化生活新知出版社，一九九二年九月。

《M的旅程》，台北：時報出版公司，一九九四年三月（紅小說二六）。
《北京的故事》，台北：時報出版公司，一九九四年四月（新版、紅小說二七）。
《孤絕》，台北：麥田出版社，二〇〇〇年八月。
《夜遊》，台北：九歌出版社，二〇〇〇年十二月。
《夜遊》（典藏版）台北：九歌出版社，二〇〇四年七月十日。
《巴黎的故事》，台北：印刻出版社，二〇〇六年四月。
《生活在瓶中》，台北：印刻出版社，二〇〇六年四月。
《府城的故事》，台北：印刻出版社，二〇〇八年五月。
《孤絕》（最新增訂本），台北：秀威資訊科技，二〇一〇年十二月。
《夜遊》（最新增訂本），台北：秀威資訊科技，二〇一〇年十二月。

三、劇本創作

《西冷橋》（電影劇本），寫於一九五七年，未拍製。
《飛去的蝴蝶》（獨幕劇），寫於一九五八年，未發表。
《父親》（三幕），寫於一九五九年，未發表。
《人生的禮物》（電影劇本），寫於一九六二年，一九六三年於巴黎拍製。

《蒼蠅與蚊子》（獨幕劇），寫於一九六七年，發表於一九六八年冬《歐洲雜誌》第九期。

《一碗涼粥》（獨幕劇），寫於一九六七年，發表於一九七七年七月《現代文學》復刊第一期。

《獅子》（獨幕劇），寫於一九六八年，發表於一九六九年十二月五日《大眾日報》「戲劇專刊」。

《弱者》（一幕二場劇），寫於一九六八年，發表於一九七〇年一月七日《大眾日報》「戲劇專刊」。

《蛙戲》（獨幕劇），寫於一九六九年，發表於一九七〇年二月十四日《大眾日報》「戲劇專刊」。

《野鵓鴿》（獨幕劇），寫於一九七〇年，發表於一九七〇年三月四日《大眾日報》「戲劇專刊」。

《朝聖者》（獨幕劇），寫於一九七〇年，發表於一九七〇年四月八日《大眾日報》「戲劇專刊」。

《在大蟒的肚裡》（獨幕劇），寫於一九七二年，發表於一九七六年十二月三—四日《中國時報》「人間副刊」，並收在王友輝、郭強生主編《戲劇讀本》，台北：二魚文化，頁三六六—三七九。

《花與劍》（二場劇），寫於一九七六年，未發表，收入一九七八年《馬森獨幕劇集》；並選入一九八九《中華現代文學大系》（戲劇卷壹），台北：九歌出版社，頁一〇七—一三五；一九九三年十一月北京《新劇本》第六期（總第六十期）「93中國小劇場戲劇展暨國際研討會作品專號」轉載，頁十九—廿六；一九九七年英譯本收入*Contemporary Chinese Drama*, translated by Prof. David Pollard, Hong Kong, Oxford university Press, pp. 253-374。

《馬森獨幕劇集》，台北：聯經出版社，一九七八年二月（收進《一碗涼粥》、《獅子》、《蒼蠅與蚊子》、《弱者》、《蛙戲》、《野鵓鴿》、《朝聖者》、《在大蟒的肚裡》、《花與劍》等九劇）。

《腳色》（獨幕劇），寫於一九八〇年，發表於一九八〇年十一月《幼獅文藝》三二三期「戲劇專號」。

《進城》（獨幕劇），寫於一九八二年，發表於一九八二年七月廿二日《聯合報》副刊。

《腳色》，台北：聯經出版社，一九八七年十月（《馬森獨幕劇集》增補版，增收進《腳色》、《進城》，共十一劇）。

《腳色——馬森獨幕劇集》，台北：書林出版社，一九九六年三月。

《美麗華酒女救風塵》（十二場歌劇），寫於一九九〇年，發表於一九九〇年十月《聯合文學》七二期，游昌發譜曲。

《我們都是金光黨》（十場劇），寫於一九九五年，發表於一九九六年六月《聯合文學》一四〇期。

《我們都是金光黨／美麗華酒女救風塵》，台北：書林出版社，一九九七年五月。

《陽台》（二場劇），寫於二〇〇一年，發表於二〇〇一年六月《中外文學》三十卷第一期。

《窗外風景》（四圖景），寫於二〇〇一年五月，發表於二〇〇一年七月《聯合文學》二〇一期。

《蛙戲》（十場歌舞劇），寫於二〇〇二年初，台南人劇團於二〇〇二年五月及七月在台南市、台南縣和高雄市演出六場，尚未出書。

《雞腳與鴨掌》（一齣與政治無關的政治喜劇），寫於二〇〇七年末，二〇〇九年三月發表於《印刻文學生活誌》。

《馬森戲劇精選集》（收入《窗外風景》、《陽台》、《我們都是金光黨》、《雞腳與鴨掌》、歌舞劇版《蛙戲》、話劇版《蛙戲》及徐錦成〈馬森近期戲劇〉、陳美美〈馬森「腳色理論」析論〉兩文），台北：新地文學出版社，二〇一〇年三月。

四、散文創作

《在樹林裏放風箏》，台北：爾雅出版社，一九八六年九月。
《墨西哥憶往》，台北：圓神出版社，一九八七年八月。
《墨西哥憶往》，香港：盲人協會，一九八八年（盲人點字書及錄音帶）。
《大陸啊！我的困惑》，台北：聯經出版社，一九八八年七月。
《愛的學習》，台南：文化生活新知出版社，一九九一年三月（《在樹林裏放風箏》新版）。
《馬森作品選集》，台南：台南市立文化中心，一九九五年四月。
《追尋時光的根》，台北：九歌出版社，一九九九年五月。
《東亞的泥土與歐洲的天空》，台北：聯合文學出版社，二〇〇六年九月。
《維城四紀》，台北：聯合文學出版社，二〇〇七年三月。
《旅者的心情》，上海：上海人民出版社，二〇〇九年一月。

五、翻譯作品

馬森、熊好蘭合譯《當代最佳英文小說》導讀一（用筆名飛揚），台南：文化生活新知出版社，一九九一年七月。

馬森、熊好蘭合譯《當代最佳英文小說》導讀二（用筆名飛揚），台南：文化生活新知出版社，一九九一年十月。

《小王子》（原著：法國・聖德士修百里，譯者用筆名飛揚），台南：文化生活新知出版社，一九九一年十二月。

《小王子》，台北：聯合文學，二〇〇〇年十一月。

六、編選作品

《七十三年短篇小說選》，台北：爾雅出版社，一九八五年四月。

《樹與女——當代世界短篇小說選（第三集）》，台北：爾雅出版社，一九八八年十一月。

馬森、趙毅衡合編《潮來的時候——台灣及海外作家新潮小說選》，台南：文化生活新知出版社，一九九二年九月。

馬森、趙毅衡合編《弄潮兒——中國大陸作家新潮小說選》，台南：文化生活新知出版社，一九九二年九月。

馬森主編，「現當代名家作品精選」系列（包括胡適、魯迅、郁達夫、周作人、茅盾、丁西林、沈從文、徐志摩、丁玲、老舍、林海音、朱西甯、陳若曦、洛夫等的選集），台北：駱駝出版社，一九九八年六月。

馬森主編《中華現代文學大系一九八九—二〇〇三・小說卷》，台北：九歌出版社，二〇〇三年十月。

七、外文著作

1963 *L'Industrie cinémathographique chinoise après la sconde guèrre mondiale*（論文）, Institut des Hautes Études Cinémathographiques, Paris.

1965 "Évolution des caractères chinois" , *Sang Neuf*（Les Cahiers de l'École Alsacienne, Paris）, No.11,pp.21-24.

1968 "Lu Xun, iniciador de la literatura china moderna" ,*Estudio Orientales*, El Colegio de Mexico, Vol.III,No.3,pp.255-274.

1970 "Mao Tse-tung y la literatura:teoria y practica" , *Estudios Orientales*, Vol.V,No.1,pp.20-37.

1971 "La literatura china moderna y la revolucion" , *Revista de Universitad de Mexico*, Vol. XXVI, No.1, pp.15-24.

"Problems in Teaching Chinese at El Colegio de Mexico" , *Journal of the Chinese Language Teachers Association in North America*, Vol.VI, No.1, pp.23-29.

La casa de los Liu y otros cuentos（老舍短篇小說西譯選編）, El Colegio de

Mexico, Mexico, 125p.

1977 *The Rural People's Commune 1958-65: A Model of Social and Economic Development* (Dissertation of Ph.D. of Philosophy at University of British Columbia, Canada).

1979 "Water Conservancy of the Gufengtai People's Commune in Shandong" (25-28 May , The Annual Conference of Association for Asian Studies).

1981 "Kuo-ch'ing Tu: *Li Ho* (Twayne's World Series), Boston, Twayne Publishers, 1979" , *Bulletin of SOAS*, University of London, Vol. XLIV, Part 3, pp.617-618.

"*The Drowning of an Old Cat and Other Stories*, by Hwang Chun-ming (translated by Howard Goldblartt), Bloomington, Indiana University Press,1980", *The China Quarterly*, 88, Dec., pp.707-08.

1982 "Jeanette L. Faurot (ed.): *Chinese fiction from Taiwan: Critical Perspectives*, Bloomington: Indiana University Press, 1980", *Bulletin of the SOAS*, Unversity of London, Vol. XLV, Part 2, pp.383-384.

"Martine Vellette-Hémery: *Yuan Hongdao (1568-1610): théorie et pratique littéraires*, Paris, Collège de France, Institut des Hautes Études Chinoises, 1982", *Bulletin of the SOAS*, Unversity of London, Vol. XLV, Part 2, p.385.

1983 "Nancy Ing (ed.): *Winter Plum: Contemporary Chinese Fiction*, Taipei, Chinese Nationals Center,1982", *The China Quarterly*, pp.584-585.

1986 "Contemporary Chinese Literature: An Anthology of Post-Mao Fiction and Poetry, edited with an Introduction by Michael S. Duke for the Bulletin of Concerned Asian Scholars, New York and London, M. E. Sharpe Inc., 1985", *The China Quarterly*, pp.51-53.

1987 "L'Ane du père Wang" , *Aujourd'hui la Chine*, No.44, pp.54-56.

1988 "Duanmu Hongliang: *The Sea of Earth*, Shanghai, Shenghuo shudian, 1938", *A Selective Guide to Chinese Literature 1900-1949*, Vol.1 The Novel, edited by Milena Dolezelova-Velingerova, E. J. Brill, Leiden. New York, KØbenhavn Köln, pp.73-74.

"Li Jieren: *Ripples on Dead Water*, Shanghai, Zhong hua shuju, 1936", *A Selective Guide to Chinese Literature 1900-1949*, Vol.1, The Novel, edited by Milena Dolezelova-Velingerova, E. J. Brill, Leiden. New York, KØbenhavn Köln, pp.116-118.

"Li Jieren: *The Great Wave*, Shanghai, Zhong hua shuju, 1937", *A Selective Guide to Chinese Literature 1900-1949*, Vol.1, The Novel, edited by Milena Dolezelova-Velingerova, E. J. Brill, Leiden. New York, KØbenhavn Köln, pp.118-121.

"Li Jieren: *The Good Family*, Shanghai, Zhonghua shuju, 1947", *A Selective Guide to*

Chinese Literature 1900-1949, Vol.2, The Short Story, edited by Zbigniew Slupski, E. J. Brill, Leiden. New York, KØbenhavn Köln, pp.99-101.

"Shi Tuo: *Sketches Gathered at My Native Place*, Shanghai, Wenhua shenghuo chu banshee, 1937", *A Selective Guide to Chinese Literature 1900-1949*, Vol.2, The Short Story, edited by Zbigniew Slupski, E. J. Brill, Leiden. New York, KØbenhavn Köln, pp.178-181.

"Wang Luyan: *Selected Works by Wang Luyan*, Shanghai, Wanxiang shuwu, 1936", *A Selective Guide to Chinese Literature 1900-1949*, Vol.2, The Short Story, edited by Zbigniew Slupski, E. J. Brill, Leiden. New York, KØbenhavn Köln, pp.190-192.

1989 "Father Wang's Donkey"（translated by Michael Bullock）, *PRISM International*, Canada, Vol.27, No.2, pp.8-12.

"The Theatre of the Absurd in Mainland China: Gao Xingjian's *The Bus Stop*", *Issues & Studies*, National Chengchi University, Vol.25, No.8, pp.138-148.

1990 "The Celestial Fish"（translated by Michael Bullock）, *PRISM International*, Canada, January 1990, Vol.28, No.2, pp.34-38.

"The Anguish of a Red Rose"（translated by Michael Bullock）, *MATRIX*（Toronto,

Canada）, Fall 1990, No.32, pp.44-48.

"Cao Yu: *Metamorphosis*, Chongqing, Wenhua shenghuo chubanshe, 1941", *A Selective Guide to Chinese Literature 1900-1949*, Vol.4, The Drama, edited by Bernd Eberstein, E. J. Brill, Leiden. New York, KØbenhavn Köln, pp.63-65.

"Lao She and Song Zhidi: *The Nation Above All*, Shanghai Xinfeng chubanshe, 1945", *A Selective Guide to Chinese Literature 1900-1949*, Vol.4, The Drama, edited by Bernd Eberstein, E. J. Brill, Leiden. New York, KØbenhavn Köln, pp.164-167.

"Yuan Jun: *The Model Teacher for Ten Thousand Generations*, Shanghai, Wenhua shenghuo chubanshe, 1945", *A Selective Guide to Chinese Literature 1900-1949*, Vol.4, The Drama, edited by Bernd Eberstein, E. J. Brill, Leiden. New York, KØbenhavn Köln, pp.323-326.

1991 "The Theatre of the Absurd in Mainland China: Kao Hsing-chien's *The Bus Stop*" in Bih-jaw Lin（ed.）, *Post-Mao Sociopolitical Changes in Mainland China: The Literary Perspective*, Institute of International Relations, National Chengchi University, Taipei, pp.139-148.

"Thought on the Current Literary Scene", *Rendition*（A Chinese-English Translation

Magazine）, Nos.35 & 36, Spring & Autumn 1991, pp.290-293.

1997 *Flower and Sword* (Play translated by David E. Pollard) in Martha P.Y. Cheung & C.C. Lai (ed.), *Contemporary Chinese Drama*, Hong Kong, Oxford University Press, pp.353-374.

2001 "The Theatre of the Absurd in China: Gao Xingjian's *Bus-Stop*" in Kwok-kan Tam (ed.), *Soul of Chaos: Critical Perspectives on Gao Xingjian*, Hong Kong, The Chinese University Press, pp.77-88.

2006 二月，《中國現代演劇》（《中國現代戲劇的兩度西潮》韓文版，姜啟哲譯），首爾。

八、有關馬森著作（單篇論文不列）

龔鵬程主編：《閱讀馬森——馬森作品學術研討會論文集》，台北：聯合文學，二〇〇三年十月。

石光生著：《馬森》（資深戲劇家叢書），台北：行政院文化建設委員會，二〇〇四年十二月。

語言文學類　PG0528

大陸啊！我的困惑

作　　者／馬　森
主　　編／楊宗翰
責任編輯／孫偉迪
圖文排版／蔡瑋中
封面設計／陳佩蓉

發 行 人／宋政坤
法律顧問／毛國樑　律師
印製出版／秀威資訊科技股份有限公司
114台北市內湖區瑞光路76巷65號1樓
電話：+886-2-2796-3638　傳真：+886-2-2796-1377
http://www.showwe.com.tw
劃撥帳號／19563868　戶名：秀威資訊科技股份有限公司
讀者服務信箱：service@showwe.com.tw
展售門市／國家書店（松江門市）
104台北市中山區松江路209號1樓
電話：+886-2-2518-0207　傳真：+886-2-2518-0778
網路訂購／秀威網路書店：http://www.bodbooks.com.tw
國家網路書店：http://www.govbooks.com.tw
圖書經銷／紅螞蟻圖書有限公司
114台北市內湖區舊宗路二段121巷28、32號4樓
電話：+886-2-2795-3656　傳真：+886-2-2795-4100

2011年4月BOD一版
定價：290元
版權所有　翻印必究
本書如有缺頁、破損或裝訂錯誤，請寄回更換

Copyright©2011 by Showwe Information Co., Ltd.
Printed in Taiwan
All Rights Reserved

國家圖書館出版品預行編目

大陸啊！我的困惑 / 馬森著. -- 一版. -- 臺北市 : 秀威資訊科技, 2011. 04

面； 公分. --（語言文學類 ; PG0528）

BOD版

ISBN 978-986-221-700-9（平裝）

855 100003396

讀者回函卡

感謝您購買本書，為提升服務品質，請填妥以下資料，將讀者回函卡直接寄回或傳真本公司，收到您的寶貴意見後，我們會收藏記錄及檢討，謝謝！
如您需要了解本公司最新出版書目、購書優惠或企劃活動，歡迎您上網查詢或下載相關資料：http:// www.showwe.com.tw

您購買的書名：________________________________

出生日期：________年________月________日

學歷：□高中（含）以下　□大專　□研究所（含）以上

職業：□製造業　□金融業　□資訊業　□軍警　□傳播業　□自由業
□服務業　□公務員　□教職　□學生　□家管　□其它_____

購書地點：□網路書店　□實體書店　□書展　□郵購　□贈閱　□其他

您從何得知本書的消息？
□網路書店　□實體書店　□網路搜尋　□電子報　□書訊　□雜誌
□傳播媒體　□親友推薦　□網站推薦　□部落格　□其他__________

您對本書的評價：（請填代號　1.非常滿意　2.滿意　3.尚可　4.再改進）
封面設計____　版面編排____　內容____　文／譯筆____　價格____

讀完書後您覺得：
□很有收穫　□有收穫　□收穫不多　□沒收穫

對我們的建議：________________________________

____

____

____

請貼
郵票

11466
台北市內湖區瑞光路 76 巷 65 號 1 樓
秀威資訊科技股份有限公司 收
BOD 數位出版事業部

（請沿線對折寄回，謝謝！）

姓　　名：＿＿＿＿＿＿＿＿　年齡：＿＿＿＿　性別：□女　□男

郵遞區號：□□□□□

地　　址：＿＿＿＿＿＿＿＿＿＿＿＿＿＿＿＿

聯絡電話：(日) ＿＿＿＿＿＿＿＿ (夜) ＿＿＿＿＿＿＿＿

E-mail：＿＿＿＿＿＿＿＿＿＿＿＿＿＿＿＿